祖父母をたずねて

家出兄弟二人旅

～ヴァレーでの暮らし、おいしい葡萄とワイン～

2

泉きよらか

イラスト
蓮深ふみ

TOブックス

Contents

第三章　春の新生活

イラスト：蓮深ふみ
デザイン：アオキテツヤ(musicagographics)

Characters

ルイ
転生者の主人公。十四歳。
リュカのお兄ちゃん。
前世の一人暮らし生活で培った生活力をもとに、
リュカをすくすく育てるため奮闘中。
リュカ
ルイの弟でお兄ちゃん子。三歳。
天真爛漫・好奇心旺盛で無邪気な愛され系。
テイム能力と胃次元収納な食欲の持ち主。

サラ

ルイとリュカの母親。
優しかったが、夫のマルクを亡くしたことで
悲嘆に暮れ、育児放棄状態になってしまう。

ドニ

ヴァレー家に仕えている、元傭兵の自警団長。
ルイたちの旅の護衛として同行した。
ルイたちの頼れる兄貴分。

マルタン

ルイとリュカの祖父。
代々葡萄の栽培とワインの醸造を生業とする
ヴァレー家の当主。

第三章　春の新生活

プロローグ　祖父母

「にぃに、おちり、むぎゅーっ！」

「クククー！」

夢うつつのなか、三歳の弟のリュカと、その相棒でミンクリスのメロディアの声がする。

なんだか、顔が重い。

おちり……お尻？　リュカが赤ちゃんの頃は、すべすべむっちりの手触りをひそかに楽しんでいたけれど。なんなら、今も時どき。

「ん？　うんんん」

だんだん、呼吸が……。く、苦しい……！

「ぷっは〜〜〜！　う、くさっ。な、なに!?」

僕の顔に乗って、鼻と口を塞いでいた物体を手探りで持ち上げる。

「にぃに、おっきちたー！」

「クククー！」

寝ぼけまなこをしょぼしょぼと瞬くと、青い瞳と目があった。僕が持ち上げていたのは……リュカだ。朝から手を叩いて、にこにこのご機嫌である。

「リュカ、もしかして……。朝から、なんてことを……」

リュカのお尻は、一晩中つけていたおむつでもこもこしていた。寝衣の上からでもわかるくらいだ。おむつのお尻オン顔、という言葉が僕の脳裏をよぎる。嘘だと思いたいけれど、匂いが裏切った。

「……洗浄《クリーン》」

とりあえず、僕は顔を重点的に綺麗にする。気分的には、水でよく洗いたいくらいだ。

「はあ……。リュカもメロディアも、早起きだね……」

「はあく、ごあん、いくの！」

「ククク！」

「ええ……。まだ、そんな時間じゃないよ……。ふわあ……。そんなことより、お尻、気持ち悪いでしょ？　おむつ綺麗にしよっか」

「あいっ」

僕はあくびを噛み殺しながら、ささっとリュカのおむつを始末する。もう手慣れたものだ。下着を履かせ、後始末を終える頃にはすっかり目が覚めてしまった。僕は大きく伸びをして、ベッドから下りる。

（何度見ても、すごく上等な部屋だよなあ……）

住み慣れたソル王国の家とは違う、高級宿のような部屋に一瞬戸惑った。

天蓋付きのふかふかベッドに、優雅なお茶を楽しめる猫足のテーブルセットや、飴色に光る年代物の書き物机。さらには、わざわざ木工職人に急いで作らせたというドールハウス風のメロディア専用ケージが、部屋の隅に置かれている。

どの家具も、小さなリュカが安全かつ安心して過ごせるように、角が丸く面取りされていた。

「今日からはこの家を我が家だと思って、気兼ねなく暮らしなさい」

「必要なものや困ったことがあったら、遠慮せずにわたくしたちに言うのよ」

そう言って、おじいちゃんとおばあちゃんが僕たち兄弟に用意してくれた部屋だ。……でも、あんまりにも品の良い上等な部屋すぎて、僕はまだ借りてきた猫のように落ち着かなかった。

（そのうち慣れると思うけど……）

僕は出窓のカーテンを開ける。途端に、明るい朝の光が部屋に差し込んだ。

広い庭には薔薇をはじめとした美しい草花が咲き誇り、その奥には葡萄の段々畑が見える。

僕たち兄弟がヴァレーで暮らしはじめて、はや一週間。すっかり季節は、春から夏へと移り変わろうとしていた。


散々リュカにせっつかれて、僕たちは一階の食堂へと向かう。

本当であれば使用人が「朝食のお支度ができました」と部屋まで呼びに来てくれるのだけど、リュカの腹の虫が盛大に鳴いて、待ちきれなかったのだ。

「おや、坊っちゃま方。おはようございます。今朝は特にお早いですね」

「おあよ、しぇばしゅ！」

「おはよう。リュカのお腹が空いて仕方なく、ね……。もう朝食って準備できてるかな？」

「ええ、問題ありませんよ。ちょうどお呼びしようとしたところです」

廊下で会った執事のセバスチャンが、朗らかに笑って食堂の扉を開けてくれた。

さすが、この邸で執事を十数年務めているだけあって、お仕着せに片眼鏡《モノクル》を掛けたその立ち居振る舞いは堂に入っている。

僕とリュカが食堂に足を踏み入れると、年若い従僕も出迎えてくれた。

この邸では、住み込みや通いを含めると、けっこうな人数の使用人を雇っている。掃除や洗濯は女中が、三食+おやつは専属の料理人が作り、給仕は従僕がしてくれるのだ。

(おじいちゃんたちが裕福なことは知ってたけど、まさかここまでとは思わなかった)

あたかも貴族かのように傅《かしず》かれて、庶民育ちの僕は目が遠くなる。

つい最近まで、家事・育児を自分の手でしていたのだ。使用人たちが世話を焼いてくれようとしても、僕はつい遠慮が先に出てしまった。それに、この歳で坊っちゃま扱いは少し恥ずかしい。

「リュカ坊っちゃま、私が朝食を取り分けしましょう。白パンはいくつ食べますか?」

「ふたっちゅ!」

「ジャムは黒葡萄と白葡萄を一つずつで良いですか?」

「あいっ！　いーっぱい、おにぇがい！」

従僕がリュカに優しく尋ねて、朝食を取り分けてくれる。

ヴァレー家の朝食は、いわゆるビュッフェ形式だ。サイドテーブルにはオイルランプで温められた陶器の大皿がずらっと並び、ほかほかと良い匂いの湯気を立てている。肉・卵・野菜・パンはそれぞれ種類が用意されていて、目にも楽しい豪華さだ。

(今朝は……エッグベネディクトにしよう！)

僕はナイフで二つに割った白パンの上に、カリッカリのベーコンと半熟卵をのせ、卵のソースをたっぷりと掛ける。つけ合わせにサラダとチーズを添えたら、ご気嫌な朝ごはんだ。

「おはよう、ルイ、リュカ。早いな」

席について紅茶を注いでもらっているうちに、朝からジャケット姿がビシッときまったおじいちゃんも、食堂にやってきた。

おばあちゃんは一緒に食べることもあれば、部屋でとることもある。今朝は姿が見えないので、きっと部屋で食べるのだろう。

おじいちゃんを待って、三人揃ってから食べはじめる。

「「いただきます(いたっきまっちゅ！)」」

リュカはよっぽどお腹が空いていたらしい。ほっぺを膨らませて、もりもりと朝から旺盛な食欲だ。

僕も黄身が服にこぼれないように、気をつけて頬張る。

(ん～！　とろっとろ濃厚な黄身がパンに絡んで、美味しい……！　さすが朝採れ卵、超新鮮……！)

朝日が燦々と差し込む食堂に、清々しい風が抜ける。

テラス越しに見える菜園からはサラダなどに使う野菜を、敷地の一角にある鶏小屋からは卵を毎朝収穫しているらしい。それ以外の旬の地物は、差し入れと称して邸に届けられるのだそうだ。

そんな食材を贅沢に使い、腕利きの料理人たちが丹精込めて作った料理は、ほっぺが落ちそうなくらい美味しかった。

しかも、リュカのために食材を一口大に切り揃えたり、工夫を凝らしてくれている。それだけではなく、生活魔法の洗浄《クリーン》を念入りにかけて、食あたりの予防にまで気を配ってくれていた。

おかげで、リュカの食いしん坊に拍車がかかったのは、気のせいではないはずだ。

「りゅー、こりぇ、しゅき！」

リュカはトマトソースをたっぷりつけたハッシュドポテトを両手に握りしめて、にこにこと笑っている。

「リュカ、お手々じゃなくてフォークを使って食べよう？」

「あ〜い！」

「まだおかわりはたくさんある。ゆっくり落ち着いて食べなさい」

父さんから、おじいちゃんは厳しい人だと聞いていた。

確かにいつも眉間に皺を寄せているけれど、僕たち孫、特にリュカを見る目は優しく穏やかだ。

それに、多少の粗相はまだ幼いからと見逃してくれるくらい、甘い。

（孫は目に入れても痛くないほどかわいい、だっけ？）

いくら血の繋がりがあるとは言え、いざ一緒に暮らしはじめてみたら「想像と違った」なんてよくあることだろう。

もしおじいちゃんたちに嫌われるようなことがあれば、僕たち兄弟は行くところがなくなってしまう。

だから、僕は無意識にかしこまってしまっていたけれど、おじいちゃんのこの可愛がりようを見るに、そう心配しなくても良いのかもしれない。少しだけ肩の力が抜けた。

「じぃじは〜、にゃに、しゅき？」

「私の好きな食べ物か？　チーズは好んでよく口にするな」

「ちーじゅ！　にぃにと、いっちょ！」

はじめの数日は人見知りを発揮したリュカも、今では物怖じせずおじいちゃんに話しかけている。

「ワインとチーズの相性は最高だからな。将来はルイもワイン好きになるやもしれん」

「きっとリュカもだよ。なんでも良く食べるし、意外と好みが渋いから」

「あいっ！　りゅー、じぇ〜〜〜んぶ、しゅきっ！」

欲張りなリュカに、おじいちゃんはふっと口元に柔らかい笑みを浮かべる。ついでに、壁際で気配を消して直立する、年若い従僕も。

そんなふうに、気がつけば笑顔とおしゃべりが絶えない楽しい朝食だった。


日中、僕とリュカは庭を散歩したり、二階の談話室で過ごすことがほとんどだ。

会合に執務にと忙しいおじいちゃんが邸を留守にする間、足の悪いおばあちゃんは日がな一日、この部屋で刺繍や縫い物を楽しんでいた。

その横で僕は読書をしたり、ダミアンさんをはじめお世話になった人たちに手紙を書いたりする。

さらに僕の足元では、リュカとメロディアがころころと遊んでいたりと、同じ部屋にいても別々のことをして過ごすのだ。

大きく開け放たれた窓から風が吹き、カーテンがふわりと揺れる。庭の木に止まった鳥の囀《さえず》りを聞くともなしに聞くこの時間は、会話がなくても不思議と居心地が良かった。

「……完成、ね。リュカ、こちらに来てくれるかしら」

「う？　ばぁば、にゃ～に？」

メロディアを肩に乗せたリュカが、ソファに座ったおばあちゃんの膝に抱きつく。

目尻を下げたおばあちゃんはリュカの頭を撫でると、このところずっと刺繍をしていたあるものを披露した。

「ほほほ。ヴァレーの夏は、とっても日差しが強いのよ。だから、リュカに帽子を作ってみたの」

「わあ！　めろちゃんだ！」

「さあ、つけて見せてちょうだい」

「あいっ！」

おばあちゃんはリュカの頭に帽子を被せ、顎の下でリボンを結ぶ。

帽子はボンネットとも頭巾とも呼ばれる形で、涼しげな麻製だった。

左右の耳側に、葡萄の実を持ったメロディアが刺繍されている。細かく色分けされた糸で毛並みや葡萄の質感まで表現されていて、見事なものだ。

「にぃに、めろちゃん、にあう？」

リュカは嬉しそうに、その場でくるくると回ってみせた。その無邪気さに、自然と僕とおばあちゃんの口元から笑みがこぼれる。

「ククー！」

「似合うよ。かわいいね」

「えへへ～」

メロディアはシュタッと地面に降り立つと、おばあちゃんの足にすりすりと頭を擦りつけた。どうやら自分を刺繍してくれたお礼のつもりらしい。

すぐにまたリュカの肩に戻って、うっとりと刺繍を眺めている。

「ばぁば、ありあとっ！」

「あらあら。ふたりとも気に入ってくれたようで良かったわ。孫のものを作るのは、本当に楽しいわね。次は、ルイに夏向きのシャツでも仕立てようかしら」

「本当？ ちょうど背が伸びて、袖が短くなってきたところなんだ。楽しみだなあ」

どうやら、おばあちゃんは僕たちの身の回りのものを用意することに、やりがいを感じているらしい。

ヴァレーに来てから、もうすでにハンカチや帯ベルトといった小物を受け取っている。そのすべてに、葡萄をモチーフにした見事な刺繍が施されていた。

（悪いと思って断ると、おばあちゃんが悲しむから……。素直に受け取るのも、祖母孝行だよね）

僕はどうしても遠慮がちになってしまうけれど、幼児のリュカにそんなことは関係ない。毎回、きゃあきゃあと屈託なく喜び、嬉しそうだ。

おばあちゃんも、リュカのものはフリルやレースで可愛らしく飾れるので、傍からみても気合が入っているのがわかった。男物よりも作り甲斐があるのは、仕方のないことだろう。

「奥様、坊っちゃま方。少し休憩になさいませんか」

そこに、四十代後半ぐらいの小太りの侍女が、茶器やケーキの載った銀盆を持って部屋に入ってきた。

「おやちゅっ！」

「料理長のグルマンドが、ルイさまのおっしゃっていた『チーズケーキ』なるものを作ってみたそうです。感想をしっかり聞いてくるように、と言われてしまいました」

「あはは。わかったよ」

見た目は完璧なベイクドチーズケーキが、一人一皿ずつ供される。焦茶の焼き色に皮ごと煮込んだ黒葡萄ジャムがとろ〜っと垂れて、とても美味しそうだ。

侍女がケーキに釘づけのリュカに微笑んで、一番大きな一切れをそれとなくリュカに用意してくれたことに、僕は気がついた。

（本当に、ありがたいなあ……）

突然やってきて、この邸に住むことになった僕たち兄弟を、ヴァレー家の使用人たちは主家の人間として丁重に扱ってくれる。仕事だからと四角四面ではなく、温かい気遣いに溢れたものだ。

それはもちろん、おじいちゃんとおばあちゃんも。

「焦らずにお互いを知っていって、ゆっくり家族になれたらいいのよ」

「そうだ。私たちからすると、会えると思っていなかった孫たちに会えただけでも、奇跡なのだ」

そう穏やかに語ってくれた通り、ずっと自然体で僕たちに接してくれている。

「にぃに、ばぁば、おいちいね〜」

大きな一口でケーキを頬張ったリュカは、にこにことご機嫌だ。

「ケーキ、美味しいね。リュカ」

「ふふふ。こうして孫たちと菓子をいただけるなんて、わたくしは幸せものだわ」

「りゅーも、ちわわちぇっ！」

きっとリュカは意味もわからずに、おばあちゃんの言葉をおうむ返しにしただけだとわかっている。でも、リュカのその一言に、僕の目には涙が滲んだ。

「っ……！」

「あらあら、リュカ。ジャムがお口についているわ」

おばあちゃんが、そっとリュカの口や頬をハンカチで拭う。そのついでに、この一週間でさらに丸くなったリュカのほっぺに手を当てて、楽しそうにもちもちした。

（ここには、リュカを可愛がってくれる人がたくさんいる。もう僕一人でリュカを守らなきゃって、頑張らなくても良いんだ……）

ヴァレーに来て良かったと、心から思う。リュカが幸せなら、僕も幸せなのだ。

魂送りの儀

僕たちがヴァレーに到着した日の夜。

「その、おじいちゃん、これを……。遺灰は故郷に帰してほしいっていうのが、父さんの遺言だったんだ」

「……魂送りの儀を、執り行わなくてはならんな」

食後のお茶の席で、僕は父さんの骨壷と手紙をおじいちゃんに手渡す。かすかに震える手で受け取ったおじいちゃんは、ぽつりとこぼした。

「魂送りの儀？」

聞き慣れない言葉に、僕はおじいちゃんに聞き返す。

（ソル王国は教会の墓地に遺灰を納めるのが一般的だけど、ヴァレーでは違うのかな？）

僕が首を傾げると、隣に座ったリュカも僕の真似をして、こてんと体を斜めにした。

「ルイも神殿で見たであろう？　ヴァレーは三柱の神々から加護をいただいておる。亡くなった者の永遠《とわ》の安寧を願い、魂を神々の元に送るのがこの地の習わしなのだ」

「へえ……。そんな習わしがあるんだ。その儀式？　って、あの神殿でやるの？」

「いや、神殿よりさらに奥。御神体である白の山脈の祭壇で行う」

おじいちゃんはソファに体を沈めるかのように、深くもたれかかる。右手で目元を覆い隠しているので、顔色はわからない。

おばあちゃんもその隣に座り、真っ白なハンカチで目元を抑えていた。

「はあ……勝手に家を飛び出しおって、こんな……。親不孝ものめ……」

低く苦々しいおじいちゃんの言葉に、僕の胸が詰まる。

おじいちゃんたちにしてみれば、家族や故郷を捨てた家出息子が、小さな壺に入って帰ってきたのだ。音信不通だったこの十数年を思えば、恨み言の一つや二つ、言いたくなる気持ちもわかる。

（父さん、なんで家出なんて……）

父さんはおじいちゃんと折り合いが悪くて、若気の至りで家を飛び出したと言っていた。きっとそこには、他人からはわからない親子の葛藤や苦しみがあったのだろう。けれど……。

おじいちゃんたちの怒っているような、ひどく悲しげな表情から、息子である父さんを大切に思う気持ちが今もなおあるのは、僕にだってわかった。


それから二週間ほど邸でゆっくりと過ごし、長旅の疲れもすっかり癒えた頃。

今日は、父さんの魂送りの儀が執り行われる日だ。

早めの朝食を食べた後、白のローブ姿に着替えて馬車に乗り込む。白の山脈がある西に向かって、馬車はゆっくりと走り出した。

「ふわ〜〜〜。にぃに……りゅー、ねみゅい……」

「ルイ、リュカ。白の山脈に着くのは昼頃だ。それまでは寝ていなさい」

リュカは自分で靴をぽいぽいと脱いで、僕の膝を枕にして仰向けになる。

「うー……。にぃに、とんとんちて！」

「はいはい」

「まぶちいの、やっ」

リュカはそう言うと、僕がとんとんしている手とは反対の手を引っ張って、アイマスク代わりに自分の目にのせる。

そうしてやっと寝心地に満足したのか、すやあと眠り出した。

（僕の両手を完全に塞いでるんだけど……。まったく、仕方のない甘えん坊だなあ）

わがままで困るのが半分、遠慮なく甘えてくれる嬉しさが半分。僕は歳の離れた幼い弟がかわいくて、結局甘やかしてしまう。

リュカを寝かしつけている間に馬車は町を抜け、神殿の前を通り過ぎる。

さらにその先は、ずっと見渡す限り緑の草原だ。カランコロンと首の鈴を鳴らす牛・羊・ヤギの群れが、自由に草を食《は》んでいる。

（のどかだな……）

そんな初夏の気持ちの良い景色を楽しむこと数時間。標高が少しずつ高くなり、ごつごつとした岩の山肌が目立つようになってきた。

「ルイ、そろそろ麓《ふもと》に到着する。ここから祭壇までは歩きだ」

「え。つまり、登山ってこと……？」

窓から外を眺めると、冠雪の頂上は首が痛くなるほど遥か頭上に見える。

（これ、どこまで登るのかな……）

僕は内心げんなりしつつ、リュカを起こして馬車を降りる。すると、総勢二十名近い大所帯が、僕たちを待っていた。

儀式を取り仕切る神職や、剣を腰に佩《は》いた自警団たち。それに前世の平安時代を思わせるような輿《こし》が二台と、その運び手だろう屈強な男衆たちもいる。

「さあ、リュカ。おばあちゃんと一緒に輿に乗りましょうね」

「あいっ！」

足の悪いおばあちゃんと幼児のリュカは、二人で一つの輿に乗った。

（もう一つの輿は誰が乗ってるんだろう？　確か、おじいちゃんが巫女を呼んだって言ってたから、巫女さんかな？）

「皆の者、これより先は神域との境界線。洗浄《クリーン》で身を清めよ！」

壮年の神職が告げた通り、洗浄《クリーン》を掛けてから山道を登っていく。

人が一～二人通れるくらいの、細い山道だ。土を踏み締めて固めただけなので、うっかりすると砂利や石に躓きそうになる。

こんな山道なのに輿を担いで登れるものなのかと思ったら、運び手はみんな浮遊《フロート》の魔法が使える者たちらしい。順番に魔法を掛けながら、軽やかな足取りで先導していた。

（おじいちゃんも自分の足で登ってるし、ヴァレーって体力おばけの人が多い……？）

まだ若い僕が、弱音なんて言える雰囲気ではない。えっほ、えっほと何とか自分を調子づけながら、一時間くらい登っただろうか。ようやく目的地に着いたらしい。

その頃には僕の息はすっかり上がり、額から汗が流れていた。

（あっつー……。あれが祭壇か……）

高台にある狭い広場はぐるっといくつもの巨石で囲まれていて、真ん中に石の祭壇がある。古代の遺跡のような趣だ。

さっそく、神職たちが祭壇の脇にワインや果物といった供物を並べていく。そして……中央の窪みに、父さんの遺灰が入った骨壷を恭しく置いた。

いよいよ、儀式が始まる。


虫の音や鳥の囀《さえず》りだけが響くなか、ついに輿から巫女が姿を現した。よぼよぼと杖をついて、かなり高齢に見える。

巫女らしく白の装束を身に纏い、ざんばらの白髪には緑の葉冠を被っていた。そのうえ、皺だらけの頬が垂れた顔には、不思議な白い線や模様が描かれていて人目を引く。

「かけまくもかしこき、白の山脈におわすたけき神々よ……」

神職に手を引かれ、祭壇の前に立った巫女が聞き慣れない祝詞《のりと》を唱えはじめた。僕たちヴァレー家はその後ろで跪き頭を垂れる。

儀式が始まった途端、空気が一変した。風が止み、次第に音が遠のいていく。肩に重力がかかるような、圧を感じた。少しだけ息が苦しい。

「ふぇっ……にぃに……」

「大丈夫、怖くないよ」

僕はきょときょとと怯えて抱きついてきたリュカに囁《ささや》き、背中を撫でる。これは怖いというより、そう……畏れだ。

長々とした祝詞が終わり、すうと深く息を吸った巫女が一礼する気配がした。かちゃっと骨壷の蓋を開けたらしい音が響く。

「ここに亡きものの魂を送りたてまつる。はらいたまい、きよめたまえ。かんながら守りたまい、さきわえたまえともうす事を、聞こしめせとかしこみかしこみもうす」

お年の割にしっかりとした声で巫女が請願すると、どこからかはっと息を呑む声がした。僕も思わず顔を上げて、目を疑う。

天上から祭壇へと、一筋の光が差し込んでいた。金色の煌めきを放つその光は、単に陽の光が差し込んだだけなんて到底思えない。

(なに、これ……)

神や妖精といった超自然的な存在がごく当たり前にいる世界だと、頭ではわかっていた。

でも、魔法やスキルの恩恵を受けておいて変な話だけれど、どこか遠いおとぎ話のように思っていたのだ。今の今までは。

ぶわっと全身の毛穴が開くような気がして、僕は無意識に温かいリュカを抱きしめる。

（魂送りの儀っていうことは……）

僕は「ああ」とつぶやく。これが本当に、父さんとの最後の別れのような予感がした。

「父さん……今まで僕たちを見守ってくれて、ありがとう」

「馬鹿息子よ……。案ずるでない。これからは、私たちがルイとリュカを守る」

「マルク、いつか私たちもそちらに行くわ。それまで、待っていてちょうだいね」

何かに突き動かされるように、僕たちは口々に虚空に向かって語り掛ける。

そうして、ざあああああと突風が吹いたかと思うと、父さんの遺灰を巻き上げ……空へと攫っていった。

同時に、祭壇に差し込んだ光もだんだんと地上から消えていく。

その軌跡と共に、小さな光がまるで別れを告げるかのように点滅しながら、空へと昇っていくのを見たような気がした。


その日の夜は、ヴァレーに来てからはじめて静かな夜だった。咽《むせ》び泣くような激しさではなく、しんみりと感傷に浸るかのような夜だ。

「むにゃ……ぶど……じゅっちゅ……」

健康優良児のリュカはとっくに夢の中。どんな夢を見ているのか、ベッドを縦横《じゅうおう》無尽《むじん》に寝転がって、大暴れの寝相だ。

なかなか寝つけなかった僕は、リュカの丸見えなおへそにくすっと笑って、ブランケットを掛け直してあげる。

しばらくリュカの寝顔を見つめていたけれど、それでも睡魔は訪れてくれない。

(仕方ない……。こんな時間だけど、ホットミルクでももらってこようかな)

住み込みの使用人はみんな寝ている時間だけど、夜警担当は起きているはず。

僕はため息を吐くと、ベッドを抜け出して燭台片手に部屋を出た。厨房は一階だ。

薄暗い廊下をそうっと歩き出すと、隣接する談話室のわずかに開いた扉から、光が漏れていることに気がつく。

(？　まだ誰か起きてるのかな……？)

隙間から部屋を覗き込むと、おじいちゃんとおばあちゃんがナイトガウンにローブを羽織った姿で、ワイングラスを傾けていた。

もしかしたら、二人も眠れなかったのかもしれない。

「……おじいちゃん、おばあちゃん」

「ルイ。起きておったのか」

「あらあら、夜更かしさんね」

「寝れなくて」

僕がひょいっと肩をすくめると、二人は苦笑して手招きしてくれる。ソファに腰掛け、ワインボトルの隣に用意されていたピッチャーの水を飲むと、人心地ついた。

「……今日は驚いたであろう」

「うん」

本当は、驚いたどころじゃない。半信半疑だった神の存在が、疑いようのないものになってしまったのだから。

「これからもヴァレーで生きていく限り、目にすることだ。……少しずつ、受け入れていけば良い」

「ほほほ。わたくしも、嫁いできてからの数年は驚いたものだわ」

二人はグラスに鼻を近づけ、煉瓦色に近い赤ワインの香りを楽しむ。口に含んで転がすようにじっくりと味わってから、こくりと飲み込んだ。さすが、飲み方が様になっている。

「……素晴らしい、な」

「ええ、ええ。そう……ね……」

おばあちゃんの灰色の瞳から、ほろっと涙が溢れた。

そんなに感動するほどの美味しさなのかと、僕は二人の手元のグラスをじっと見る。

「ふふ。これはね、マルクが跡を継いだ暁には親子三人で祝杯をあげましょうと……ずっと大切に寝かせておいた、あの子の生まれ年ワインなのよ……」

「父さんの……」

「これ以上は、飲み頃を過ぎてしまうからな。……そろそろ、区切りをつけねばなるまい」

二人は、悲しみとやるせなさが入り混じった複雑な表情だ。

父さんは生きていれば、四十少し手前だったはず。この四十年間、開けられなかったワインの栓をやっと抜いた二人の心境を思うと、僕は胸が苦しくなった。

「……今でこそヴァレーは豊かだが、昔は貧しくてな。ワインはすべて売り物だった。自分たちで飲むなんて、とんでもないことだったのだ」

「そんな時代もありましたね」

二人は昔を懐かしみ、遠い目で思いを馳せる。

「葡萄の出来は天候に左右される。不作の年は商人に頭を下げ金を借りたことも、貯蔵庫のワインを少しずつ切り売りして凌《しの》いだこともあった」

「おじいちゃん……」

葡萄の栽培もワイン造りも、今やこの地方の一大産業だ。

町を囲む左右の山の斜面には、一面に葡萄畑が広がっている。あの広大な葡萄畑を、そこで働くたくさんの人々の人生を抱え、おじいちゃんはどれだけの苦労を重ねてきたのだろう。

「与える水の量を絞り、適度な負荷を掛けなければ葡萄は美味くならん。人も同じだ。だからこそ、私は一人息子のマルクを厳しく育てた。だが……。それが、あやつを追い詰めたのであろうな……」

苦くて渋い後悔をも飲み込むかのように、おじいちゃんは最後の一口を呷った。項垂れているおじいちゃんの姿に、僕は上手な慰めの言葉を必死に探すけれど、何一つ思い浮かばない。

(でも、そういえば、あの時……)

その時、ふと僕は昔のことを思い出した。

「……父さん、赤ワインが好きだったんだ。僕の準成人のお祝いのときだったかな？　フリュイ・

エカルラットっていう赤ワインを『秘蔵のとっておき』だって、自慢そうに言ってたよ」

「っ……そうか……」

「あなた……」

顔を両手で覆ったおじいちゃんに、おばあちゃんが寄り添った。

父さんは、きっと本心ではヴァレーを誇りに思っていたのではないかと僕は思う。ヴァレーのワインは、ソル王国では「幻のワイン」と呼ばれている。手に入れるのは、相当苦労したはずだ。

(父さんも変なところで素直じゃないなあ)

僕は空に向かって、心の中で小さくぼやいた。


翌日。

僕は思いきって、母さんに手紙を書くことにした。

ヴァレーに無事に着いたこと、僕もリュカも元気なこと、祖父母との新しい生活のこと。……そして、またいつか母さんに会いたいと。

正直に言うと、母さんへのわだかまりはまだ少しある。

けれど、昨夜、父さんの死を悼むおじいちゃんたちを見て、僕は思ったのだ。

僕たちと母さんだって、もしこのままどちらかが死んでしまったら、きっと一生後悔を引きずることになる。

(それはいやだ……!)

僕は母さんと父さんとの、幸せだった家族の思い出をなかったことにはしたくない。

だったら意地を張って、待っているだけではだめなのだ。

自慢の葡萄とワイン

「よいちょー！　よいちょー！」

「ククク－！　ククク－！」

魂送りの儀から数日後、休日だというおじいちゃんに誘われて、僕たちは初夏の葡萄畑へとやってきた。

山の斜面をだんだんにした葡萄畑は風通しが良く、日差しも気温も穏やかで絶好の散歩日和だ。

リュカは肩にメロディアを乗せ、右手を僕、左手をおじいちゃんと繋いで、一生懸命にゆるやかな斜面をよちよち登る。威勢の良いリュカの掛け声が、周囲に良く響いた。

そのあまりの可愛さに、畑で作業をする小作人や僕たちと同じく散歩中の人たちに、くすくすと笑われてしまう。

「……リュカは元気だな」

「うん。ヴァレーに来てから、さらに体力がついたみたい」

「おしゃんぽ、たのち～！」

「ククク～！」

おばあちゃんお手製の帽子を被ったリュカは、にぱあっと笑った。

（きっとヴァレーが自然豊かだから、見るもの感じるもの全部が物珍しいんだろうな）

僕たち兄弟の生まれ故郷であるソル王国王都は自然が少なく、子どもが遊べるような場所もほとんどなかった。

だから、散歩と言えば近所をぐるっと回るくらい。それに比べると、ヴァレーの自然はとても素晴らしかった。

生命力に溢れる葡萄の樹は列をなして、遥か先までまっすぐ続く。さながら生垣のような、整然とした横しま模様は圧巻だった。

（こうしてみると、本当に広い葡萄畑だよなあ。東◯ドーム何個分だろう？　余裕で二桁分はありそう……）

「ねえ、おじいちゃん。これ、全部同じ種類の葡萄なの？」

「いや、いくつかの種類を区画ごとに分けて植えておる」

「へえ、そうなんだ」

僕はそうは言ってみたものの、どの樹も同じ種類に見える。

セージビルで多少の知識は身につけたつもりだったけれど、所詮、付け焼き刃だ。実地ではまだまだ役に立たないことが浮き彫りになってしまった。

「北向きのこのあたりは、冷涼な気候でも良く育つ白葡萄が多い。反対に、向かいの斜面は暖かい

日当たりを好む黒葡萄が植わっておる」

「気温と日当たりで分けてるってこと？」

「ああ。あとは果実が熟す早さもだな。葡萄は雨や湿気に弱い。特に、完熟まぎわの雨は厄介なのだ。果実が駄目になったり、病気になりやすくなるからな。……だからこそ、ヴァレーでは早熟・晩熟どちらの品種も植えて、収穫期を分散しているのだ」

「なるほど……！」

この広い葡萄畑を一斉に収穫するのは無理なのでは？　と思っていたら、そんな工夫をしていたのか。

「じぃじ、ぶどー、どこ～？」

「クク～？」

『葡萄』の言葉に、リュカとメロディアはきょろきょろと大好物の葡萄を探す。

ヴァレーではさすが特産なだけあって、ドライフルーツ・ジャム・ジュースと、ほぼ毎日何かしらの形で葡萄を食べられた。

そのおかげで、僕もリュカもすっかり葡萄が好きになってしまったのだ。

「こちらに来なさい」

おじいちゃんはリュカの手を引く。空に伸びる葡萄の蔓を避けつつ、生垣と生垣の間に分け入った。綺麗に刈り取られた下草を踏みしめると、草と土の匂いが立ち昇る。

「どれ……。この緑の粒々が葡萄だ」

「？　ぶどー？　ちっちゃい……」

おじいちゃんが樹の下側を探って、まだ小さな実をつけたばかりの房を見せてくれる。

「まだ小さいが、秋になれば果実は丸々と大きくなる。お前たちにも早く、枝がしなるほど実をつけたあの葡萄畑を見せたいものだ」

おじいちゃんは優しく目を細めて、リュカの頭を撫でる。

「ぶどー……たべちゃい……」

「この葡萄はまだ食えんが、昼食に葡萄ジュースを用意させてある」

「！　じゅっちゅ！」

しょんぼりしたリュカは、現金にも一瞬で元気になった。

僕たちはそのままのんびりと歩いて、垣根の終わりまで抜ける。そして、すぐ近くの石垣に腰掛けると、ピクニックバスケットを広げた。

視界いっぱいに広がる葡萄畑と、細い水路から聞こえる水のせせらぎ。

のどかな自然のなか、ヴァレー家の料理人たちが腕を振るった豪華ランチを食べるなんて、とんでもない贅沢だ。

「おにきゅ、おいちっ！」

さっそく串刺しの唐揚げをぱくついたリュカが、満面の笑みで絶賛する。

料理人たちは、僕が少し前に「食べたい」とぽろっとこぼした唐揚げを見事に再現してくれた。

冷めてもしっとりジューシーで、いくらでも食べられる。

ほかにも、ロースト肉とチーズをたっぷり挟んだクロワッサンサンド・オムレツ・干し葡萄とにんじんのラペ・フライドポテト・ピクルスなどなど……。どれから食べるか迷ってしまう。

「この揚げ肉に合わせるなら、ほどよい果実味と酸味の赤か……？　いや、爽やかな柑橘系の白も合いそうだ……」

おじいちゃんはううむと唸りながら、ワインとの組み合わせを考えている。本当に、ワインが好きなんだ。

「リュカ、お芋も美味しいよ、ほら」

僕はいつものように、雛鳥のようなリュカの口にフライドポテトを放り込む。

「おいち！　にぃにも、あ～～～ん」

「え？　あー」

リュカがお返しとばかりにフライドポテトを差し出したので、僕はとっさに口を開けて食べる。皮のザクザクとした食感が美味しい。

「じぃじも！　あ～～～ん」

（えええ！　おじいちゃんにまで⁉）

三歳のリュカは怖いもの知らずだ。威厳たっぷりの紳士然としたおじいちゃんにまで、フライドポテトを食べてと差し出している。

おじいちゃんは視線をリュカの顔とフライドポテトに何往復かさせて、戸惑いながらも口に咥えた。

「……うまい」

「ククー！」

「めろちゃんも、あ～ん！」

メロディアにねだられたらしいリュカはりんごを食べさせて、もふもふの背中を撫でる。

「みんにゃで、おしょと、たのち～ね～」

「ククク～」

屈託なく笑うリュカとメロディアに、僕もおじいちゃんもつい笑ってしまった。

「ヴァレーは葡萄畑のほかにも、美しい場所はたくさんある。次はイネス……ばぁばも誘って、家族みんなでまたピクニックに行くか」

「あいっ！」

「ククっ！」

息ぴったりに右手を挙げた一人と一匹に、おじいちゃんの目元に皺が寄る。すっかり気分転換できたらしいおじいちゃんの姿に、僕も一安心だった。


昼食を食べ終わると、リュカはメロディアと葡萄畑でかくれんぼをはじめた。

樹の根元にうずくまるだけで上手に隠れたつもりなのか、リュカの「もーいーよー」が畑に響く。お尻が丸見えのリュカに、僕たちは笑いを噛み殺した。

案の定、メロディアが一直線にリュカの元に走っていくと、「みつかっちゃ～」とリュカが笑う。

今日も平和だ。

「……あと二年もすれば、ルイは十六歳か。立派な成人だ」

楽しそうな一人と一匹を見守りながら、おじいちゃんは真剣な表情で話しはじめた。雰囲気を察した僕も、改まっておじいちゃんに向き合う。

「跡取り息子のマルクが家を出たあと、私たちは手を尽くして、このヴァレーを継ぐに値する者を探した。ヴァレーはやっとここまで豊かになったのだ。生半可なものに継がせてはならぬと、なかなか決めきれずにここまで来てしまった……」

そこで一息ついたおじいちゃんは、ふっと自嘲気味に笑う。

「いや、それも言い訳だな。結局、私は諦めきれなかったのだ。私が父から受け継いだように、私から息子に、息子から孫に、祖先が愛し慈しんだこのヴァレーを受け継いでいきたいと……」

血はワインよりも濃いと言う。

代々続いてきたヴァレー家を、自分の代で他者に委ねなくてはいけないなんて、忸怩《じくじ》たる思いだっただろう。

「……ヴァレーを継ぐ気はないか、ルイ」

「！」

僕はいよいよきたか、と思った。

いつかきちんと話をしなくてはと思いながらも、ずるずると今日まで何も話せずに来てしまった。

「何も今すぐにとは言わん。幸い私もイネスも、まだまだ元気で時間はあるからな。もしわずかでも『継いでも良い』という気持ちがあるなら、考えてはくれまいか」

「僕は……」

少し前まではリュカを育てることに必死で、僕は成人したらどうなりたいかなんて考える余裕がなかった。

でも、本当なら将来を見据えて、とっくに見習い仕事をしていなければおかしい年頃なのだ。

僕はごくりと唾を飲んで、声を絞り出す。

「僕はまだ何も知らないから……。まずは成人までの二年間、見習いからはじめても良いかな……？」

「ああ、もちろんだ」

おじいちゃんは安堵のため息を吐いて、頷く。

「誤解がないように言っておくが、決して無理強いをしたい訳ではないのだ。たとえ何があろうと、ルイとリュカが私たちのかわいい孫であることに変わりはない」

「うん……」

「継がないなら継がないで、それでも良い。馬鹿息子のように思い詰めて、黙って消えるようなことだけはしないでくれ」

「うん……！」

僕の肩を抱くおじいちゃんの手が、かすかに震えていた。

（おじいちゃん……）

十四歳の僕に、このヴァレーを背負っていく覚悟なんてまだない。すでに重圧を感じはじめている。けれど……。

僕はきゃあきゃあと葡萄畑を駆け回る、リュカを見た。

ヴァレーには、祖父母をはじめ頼りになる大人がたくさんいる。衣食住に困ることも、ベルナールみたいな人間に怯えて暮らすこともないのだ。

打算だと言われても、僕は幼いリュカのためにこの穏やかな生活を守りたい。

(何があっても、絶対にリュカを守るって誓ったんだ。にいに、がんばるからね……)

僕はぐっと拳を握る。

まずは、知るところからはじめよう。葡萄のこと、ワインのこと。そして、このヴァレーを愛する人々のことを。

季節は夏本番。いよいよ今日から、僕の見習い生活がはじまる。

ヴァレー家の執務室は、二階西端の一室だ。自室を出て左のつきあたりなので、出勤には一分もかからない。

僕は緊張の面持ちで、おじいちゃんが用意してくれた教育係とはじめて対面した。

邸の使用人たちの噂では、仲買人の三男で、父親のもとでワインの販売や会計などを専門的に学んだやり手だと聞いている。加えて、ヴァレーのワインへの愛が強過ぎるあまりに、家にはすでに兄たちがいるから自分は好きにしても良いだろうと、ヴァレー家の門戸を叩いた変人だとも。

どんな人かと思っていたけれど、実際に対面すると色々な意味で一癖も二癖もある人物だった。

「ルイ様の教育係を任されました、レミーと申します」

そう挨拶したレミーの美人っぷりに、僕は思わずぽかんと見惚れてしまった。

「……はっ。ル、ルイです。よろしく、お願いしますっ」

年は二十歳後半に見える。精悍《せいかん》な色男というより、傾国の美姫のように儚げで繊細な美貌の持ち主だ。

紫がかった深く濃い灰色の長髪を組紐でゆるく一つに結んでいて、それがまた恐ろしいほどレミーに良く似合っていた。

(背景に百合を背負ってても、おかしくないくらいのイケメンだ……！)

息を呑んだ僕を、レミーは無感動な瞳で一瞥《いちべつ》する。それだけで、ひえっとすくみ上がりそうになった。

「私は馴れ合いで仕事をするつもりはありません。……さあ、時間は有限です。さっそくはじめましょう」

「え？　は、はいっ」

慇懃無礼なレミーの態度に戸惑いつつも、初日の今日は基本的な経営体制についてを教わる。

ヴァレーはすでに役割の細分化が進んでいて、かなり近代的だった。

葡萄の栽培や畑の管理・維持は葡萄農園が、ワインの醸造から樽詰めまでを担うのが醸造所だ。

この葡萄農園と醸造所の働き手は、責任者を含めてすべてヴァレー家が雇っている。もちろん働き手は地元ヴァレーの人間だ。

「レミー、あの、質問です」

「どうぞ」

「ヴァレー家で、だいたい何人くらい雇ってるの?」

「葡萄農園で雇っている小作人は常時六十名ほど、醸造所は二十名ほどです」

「そんなに……!?」

想像以上の人数に僕は驚く。

さらに、出来上がったワインは、ヴァレー家公認の仲買人が外のワイン商人と代理で商談して、契約をとりまとめる仕組みだ。

ヴァレー家は、契約金額の一定割合を手数料として仲買人に払うだけで済む。

(……つまり、前世の不動産仲介と、ほとんど同じような仕組みってこと?)

必然、ヴァレー家は働き手の雇用や、会計・財務といった裏方業務に集中できるということだ。

(はあ〜〜〜。そう考えると、ヴァレー家は采配を取りながらも、縁の下を支える要的な存在なんだ)

すごい家だとは思っていたけれど、きちんと学ぶとそのすごさが良くわかる。

本当に僕なんかが跡取りで良いのだろうか。

口には出さなかったけれど、どうやら顔には出ていたらしい。目ざとく勘づいたレミーが、片眉を上げて僕を嗜めた。

「良いですか、ルイ様。あなたはまだ正式な跡継ぎではなく、あくまでも候補です。ですから、そ

う身構える必要はありません。……まあ、何も知らない者たちはあなたを跡継ぎとして扱うでしょうが、熱《いき》らず驕《おご》らず昂《たかぶ》らずが肝要です」

「それはわかってるけど……」

ツン気味にフォローしてくれたのかと思ったら、要は「良い気になるなよ」と上げて落としたレミーに、僕は二の句が継げない。

「ふむ。お立場をわかっていらっしゃるようで、安心しました。ルイ様には、成人までの間に一通りのことを覚えていただかなくてはいけません。いくら裏方に徹しているとはいえ、葡萄やワイン造りを知らない者がヴァレーを継ぐなど、論外ですから」

「……お手柔らかに」

「軟弱ですね」

レミーにばっさりと斬られる。僕は何かレミーに恨まれるようなことをしたのだろうか？　さすがに泣きそうだ。

「明日は葡萄農園責任者のアヌークさんと、明後日は醸造所責任者のレオンさんと顔合わせの予定です」

「わかりました」

「あとは、そうですね。なかには、あなたの存在を不安視する者もいます。嫌がらせや、やっかみもあるでしょう。その際は私におっしゃってください。対処するのも、教育係の仕事のうちですから」

「……はい」

おじいちゃんがわざわざ僕の教育係を任せるくらいだから、きっとレミーは優秀でやり手なのだと思う。

けれど、歯に衣を着せないを通り越して棘と毒たっぷりのレミーに、僕は果たして上手く付き合っていけるのか。不安いっぱいの初対面だった。

初日からスパルタなレミーの指導を受け、疲労困憊の僕は一目散に談話室へと向かう。

談話室には、リュカとメロディアがいるはずだ。

僕の見習い生活開始に合わせて、おばあちゃんやメイドのなかから選ばれた子守が、日中はリュカたちの面倒を見てくれることになっている。

「リュカ、ただいま」

「！　にぃに、おかーり！」

僕が部屋に入ると、僕の姿に気がついたリュカがだっと駆け寄ってくる。

「だっこ！」

手を伸ばしてきたリュカを抱き上げると、ずっしりとした重さが腕にかかった。

「にぃにがいない間、良い子にしてたかな？」

「あいっ！」

おばあちゃんや子守が僕たちを見て笑っているけれど、気にしてはいけない。僕にはリュカからしか摂取できない栄養があるのだ。

だから、ひそかにリュカの頭の匂いをくんくん嗅いでしまうのは許してほしい。決して良い匂いではないのに、癖になる匂いなのだ。

「すぅ……」

「にぃに、や〜〜〜」

「もうちょっとだけ、お願い。ね？」

イヤイヤをするリュカのほっぺは、まるでお餅が二つくっついているかのようだ。

リュカはヴァレーに来てから、美味しいごはんとおやつを毎日お腹いっぱい食べているせいで、縦にも横にも成長が著しい。

我慢できずに、僕はつい頬ずりしてしまった。

「はあ……。もちもちのぷにぷにだ。癒される……」

「きゃあ〜。くしゅぐったあ〜いっ」

たった数時間リュカと離れていただけなのに、精神的な疲れで干からびていた心が、急速に潤っていくのがわかる。

(リュカが兄離れできないことを心配するより、僕の方が弟離れできないかも……)

きっといつか、少しずつ。

そう思いながら、今は腕のなかの癒しを堪能することが最優先だと、僕は開き直った。

翌朝。今日は葡萄農園責任者のアヌークさんと顔合わせの日だ。

今日の僕は、どこからどう見ても農夫である。麦わら帽子を被り、チュニックシャツにサスペンダーパンツを着て、足元は丈夫な革のブーツを履いている。軍手みたいな手袋も用意済みだ。

レミーの後について、南向き斜面の葡萄畑へ向かう。

目に染みるほど眩しい日差しが照りつけた。首や腕の肌が焼けて、ちりちりと痛い。

でも、前世の日本みたいにじめっとした湿気はなく、乾いた風がよく通り抜ける。なので、意外とすごく暑い訳ではなかった。

〜♪　〜♪

（？　なんだろう？　歌？）

斜面中腹まで登った頃、かすかに歌声が聞こえてくる。

梢の頃を過ぎ　白き花咲く
ああ！　なんと春は芳しい！
夏の陽を浴びて　葡萄の実が生る
ああ！　なんと輝かしい！
恵みの秋　優しく摘み取る
ああ！　ワインが待ち遠しい！

「ねえ、レミー。この歌」

「ヴァレーでよく歌われる仕事歌ですよ」

「……へえ」

まだ全部言っていないのに、食い気味にレミーが答えてくれる。

長～い葡萄の垣根のあちこちに散らばった小作人たちが、額に大粒の汗をかきながら大声で歌っていた。

あるものは、枝や葉の手入れをしながら。あるものは、農薬らしき褐色の薬液を撒きながら。

老若男女が熱心に葡萄を世話している様子に見入っていると、垣根の奥から赤毛にほっかむりを巻いた、恰幅の良いおばさんがやってくる。

「おっと、来てたんだねっ！」

「アヌークさん、今日はよろしくお願いします。ルイ様、この方が葡萄農園責任者のアヌークさんです」

「はじめまして。ルイです」

僕はぺこりと頭を下げる。

「ああ、そんな堅っ苦しい挨拶はやめとくれ。あたしのことはヌーヌおばさんで良いよっ。みんなもそう呼んでるからねっ」

「は、はい」

「いや～、それにしても、ルイはマルクにそっくりだねえっ。あたしはマルクと幼馴染だったんだよっ」

「父さんと……」

ヌーヌおばさんは、そばかすだらけの顔をくしゃくしゃにして笑う。父さんを思い出して懐かしいのか、昔話に花が咲きそうな雰囲気だ。

「アヌークさん。おしゃべりはそこまでにしてください」

「はいはい。レミーは黙ってれば色男なのに、小姑みたいに細かいねぇ」

「それが私ですので。では、ルイ様はお任せしました」

レミーはぴしゃりと言うと、仕事があるからとさっさと邸に戻ってしまった。

やれやれと肩をすくめたヌーヌおばさんと一緒に、葡萄畑を上から下へと見て回る。

「えっと、ヌーヌおばさん。これだけ広いと、世話が大変では？」

「そうさねえ。人手はどれだけあっても足りないくらいだよっ。うまいこと馬や魔法を使って、なんとかやってるのさっ」

「馬や魔法を……。どんな風に使ってるんですか？」

今世は便利な機械なんてないのだ。代わりに、馬を使うのはなんとなくわかる。けれど、魔法を農業にどう使うのか、僕は想像がつかなかった。

「馬は土を耕したり、草を刈ったりと大活躍なのさっ。魔法は洗浄《クリーン》や治癒《ヒール》が大助かりだねっ！　初期の病気なら、十分魔法で手当ができるからねぇ」

「なるほど」

「それに、あたしはこう見えてヴァレー随一の緑の手でねっ。葡萄たちの声をよく聞いて、采配するのが仕事さねっ」

「おお……！　だから、ヌーヌおばさんが責任者なんだ」

緑の手といえば、前世では『植物を育てるのが上手い人』の呼称だったはず。でも、今世ではもっとファンタジーなスキルのようだ。

そんな話をしているうちに、僕たちは重厚な雰囲気が漂う一画へとやってきた。

今まで見てきた薄茶色の枝ぶりとは違って、黒く濃い色の木々が並ぶ。幹は僕の腰よりも太く、荒々しくうねっていた。

「ここらは葡萄の古樹が植わっている区画さねっ。見事なもんだろう？　みーんな、あたしの倍以上生きてるのさねっ」

「えぇえ！　そんなに長く⁉」

父さんの幼馴染だと言っていたので、ヌーヌおばさんは四十歳前後だろう。その倍となると、樹齢八十年。とんでもないご長寿だ。

「年季の入った小作人は、この古樹の手入れにかかりっきりでねっ。手入れは大変だし、新樹と比べると収穫量も落ちるんだけどねぇ。果実一つ一つが濃縮された古樹で造るワインは、そりゃあもうとびきり美味しいのさ。各国の王侯貴族をはじめ、ワイン好きが目の色を変えて金貨を積むくらいには、ねっ」

「わあ……」

僕は思わず絶句してしまう。広い葡萄畑のうちのごく限られた区画とは言え、そんなに価値のある古樹が目の前にずらっと植わっているのだ。つい、垣根の列を数えてしまう。

「ふつう、葡萄は四十年もすれば大体が枯れちまう。けれど、ヴァレーは白の山脈の神々の加護があるからねえ。丈夫なのさ」

「神々の加護……」

「まあ、その加護も万能じゃないけどねっ。あたしの親の代には、小さな害虫が流行ったらしくてねえ。あちこちの国でたくさんの被害が出て……全滅のところもあったのさ。ヴァレーも半分近く樹を枯らされちまったけど、残っただけ遥かにマシさねっ」

おじいちゃんがヴァレーは昔、貧しかったと言っていた。きっと、その害虫の影響があったのだろう。

「っていうことは、葡萄の古樹がこれだけ残ってるのって、少なくとも国内じゃヴァレーくらいってこと……？」

そう僕がつぶやくと、ヌーヌおばさんはニヤリと笑った。

「おんやまあ。よく気づいたねえ。だからヴァレーの葡萄とワインは、一等特別なのさっ」

（そりゃあ、ワイン好きが目の色を変えちゃう訳だよ……）

思わず遠い目をしてしまう。神々に愛されしワインの町。ヴァレーがそう呼ばれる所以《ゆえん》を、僕はやっと少し理解したのだ。

ざっと畑を見て回ったあとは、ヌーヌおばさんの指導のもと、実際に房の間引きをやってみる。

手を添えた房はまだ緑色で、実も硬い。言われるがまま鋏でぱちんと切り落としていくと、青臭い香りが立ち込めた。

「え、ヌーヌおばさん。こんなに間引いちゃって、大丈夫？」

「もったいないと思って余分に残すと、ぼんやりした味の葡萄になっちまうのさっ。人間と同じ。思い切りが大事だよっ！」

葡萄は一つの枝に対して、一房だけ。そうやって栄養を一房に集めて、凝縮させるのだそうだ。だから、一本の樹あたり、三分の二くらいはせっかく生《な》った房を間引くことになる。周囲の葡萄の根本は、間引いた房がこんもりと山盛りになっていた。

当たり前だけど、丁寧な手作業は時間がかかる。しかもずっと屈んで作業するので、僕は終わり頃には腰が痛くなってしまった。

そのうえ、足場の悪い斜面で転びかけて、何度尻餅をついたことか。最悪なことに、畑に返したばかりの房をお尻で潰してしまって、下着にまで果汁が染み込んでいた。恥ずかしい。

一列がやっと終わった僕は、立ち上がって大きく伸びをした。つい「うあああ」と、親父くさい唸り声が漏れる。

(ヴァレーで生まれ育った父さんは、こんな作業も当たり前のようにこなしてたのかな……)

はじめての慣れない農作業に、僕はふとそんなことを思う。

「ヌーヌおばさんは、父さんの幼馴染だったんですよね？　父さん、若い頃はどんな感じだったんですか？」

おじいちゃんとおばあちゃんには申し訳なくて、父さんの昔話なんて聞けなかった。

でも、ヌーヌおばさんなら、まだ気安く聞ける。

「若い頃のマルク、かい……。そうさねえ。親父に認められたい。親父を超えたい。そんな風に、いつも焦ってたねえ」

ヌーヌおばさんは、遠くを見つめながらぽつりとこぼした。

「……あの頃はマルクを含め、あたしらの世代は若さゆえにうんと青くてね。理想ばかりだったのさ」

僕にとっては優しく頼れる父さんだったので、ヌーヌおばさんの話は意外に感じた。仕事だって滅多に休まず、こつこつと堅実に勤めていた記憶しかない。

「もっとヴァレーを盛り上げたい。もっと唸るほど美味しいワインを広めたい。その気持ちはみんな同じだったはずなのにねえ。ある時、あたしら若い世代と親世代の意見が真っ向からぶつかっちまって……。板挟みだったマルクは、ぽっきりと挫けちまったのさね」

「父さんが……」

「『俺にはもう無理だ。器じゃない』。最後に会った時、マルクは確かにそう言ったのさ。あたしらはマルクを支えるどころか、『跡取りなんだから』って、無意識に追い詰めてたんだろうねえ。マルクがいなくなってから、ずいぶんと後悔したけれど……遅かったよ」

「器じゃない、か」

父さんが何を思い、何に悩んだのか、全てを理解することは難しい。

けれど、まだ見習いをはじめたばかりの僕でさえ、「責任が重い」と感じるのだ。生まれてからずっと跡取りとして期待されていた父さんにかかる重圧は、さぞ大きかったことだろう。

「だから、ルイ。あんたは、無理なもんは無理って開き直って、みんなに助けてもらうんだよっ。昔ならいざ知らず、今のあたしらなら、ちったあ役に立つはずだからねっ。もうマルクの二の舞はごめんだよっ」

「……はい！」

「その意気さねっ」

ヌーヌおばさんに、ばんっ！　と背中を叩かれて、僕はうっと一瞬息が止まる。

「そうそう、ルイに将来の葡萄農園責任者候補を紹介しておくよ。ほら、あそこにいる赤毛の……アネットー！」

ヌーヌおばさんが大きな声で叫んだ。

アネットと呼ばれた女の子は、何列か向こうの垣根からひょこっと顔を出して、手を振ってくれる。

真っ先に、目の覚めるような鮮やかな赤毛が目についた。少しそばかすの浮いた笑顔は健康的で、チャーミングな女の子だ。僕より少しお姉さんのように見える。

「ありゃあ、あたしの娘でねっ。若い頃のあたしそっくりさっ」

「えっ⁉」

あっはっはっと笑う横に大きいヌーヌおばさんと、美少女のアネットとでは似ても似つかない。

僕は何度も見比べてしまう。

（えええー⁉　遺伝子どこにいった？？　いや、赤毛とそばかすはそっくりだけど！　もしかして、

あの女の子も将来はヌーヌおばさんみたいになるってこと⁉）

「アネットはあたし譲りの緑の手の持ち主でねえ。あたしが直々に、葡萄作りをびしばし叩き込んでるのさっ。きっとあんたの代には、立派にあたしの跡を継いでるはずさねっ」

「びしばし……。ははは」

冗談なのかわからなくて、僕は引き攣《つ》った笑いしかでない。

（レミーといい、ヌーヌおばさんといい、ヴァレーにはスパルタしかいないのかな……？）

「どうだい。美人でなかなか将来有望だろう？　なんだったら、嫁にいるかいっ？」

「えっ！　嫁？　いやいや……。って、ちが、あの子が嫌ってことじゃなくて……まだ僕には早いって言うか……」

思ってもみなかった言葉に、しどろもどろになる。そんな僕を、ヌーヌおばさんは面白そうに見ていた。完全に揶揄《からか》われている。

「あっはっはっ。まあ、まだ早いか。おいおいだねっ」

「ヌーヌおばさん……」

「さあ、お前たちっ！　そろそろ作業はしまいだよっ。これ以上は暑さにぶっ倒れちまうからね。ほどほどで切り上げなっ！」

ヌーヌおばさんはジト目の僕を華麗に無視して、責任者らしく小作人たちに大声で指示を出す。せかせかと足早に畑を歩くその背中に、僕は黙って従ったのだ。

さらに翌日は、醸造所責任者であるレオンさんとの顔合わせ……のはずだったのだけど、急な予定が入ったとかでいきなりキャンセルになってしまった。

すかさずレミーが別日に調整してくれたのだけど、また理由をつけて断られてしまう。

そんなことが何度も続けば、僕がレオンさんに歓迎されていないことはわかった。

（……嫌なやり方だなあ）

額に青筋を浮かべるレミーに、僕はこっそりため息を吐く。

そうこうしているうちに、季節は夏真っ盛りになった。この時期、ほとんど雨の降らないヴァレーは暑く、日も長い。

僕たち子どもが就寝する時間でもまだうっすらと明るいので、なんだか体の調子が狂うような、変な感じだ。

それに、この時期は小作人たちが一番忙しい時期でもある。

葡萄の果実が日焼けしない程度に、葉や枝を切って風通しを良くする。その合間に房を間引き、病害虫に罹っていないかも、目を光らせないといけない。日に日に葡萄は成長するので、やることは尽きなかった。

猫の手も借りたい忙しさに、僕も作業を手伝う。そんなある日、たまたま居合わせたヌーヌおばさんに、ぽろりとレオンさんへの愚痴を漏らしてしまった。

「――だから、レオンさんに全然会えなくて……。レミーも腹に据えかねてるから、何が起こるか、僕、ここのところ胃が痛くて……」

「まったく。レオンは子どもみたいな男さねっ。どれ、あたしに任せておきなっ」

僕の話に激怒したヌーヌおばさんがレオンさんのいる醸造所に乗り込んで、顔合わせの約束を強引に取りつけたらしい。

レミーが良い笑顔で教えてくれた。

いつどの世界でも、やっぱりおばちゃんは最強だと証明された瞬間だった。


数日後。北向きの斜面側、葡萄畑のど真ん中にある醸造所に僕はいた。

ヌーヌおばさんのおかげ？　で、今日はじめてレオンさんと顔を合わせる。

「……レオンだ」

レオンさんはいかにも「心外です」とばかりに、むすっとした表情だ。

（名前の通り、黒獅子みたいな人だな……）

色素の薄い金髪はタテガミのようで、真っ黒に日焼けした肌とボディビルダーみたいにムキムキの筋肉が相まって、野獣味に溢れていた。とてもではないけれど、醸造家には見えない。

「はじめまして。ルイです。今日はよろしくお願いします」

「ふんっ」

レオンさんはそっぽを向く。いい歳した大人が、まるで駄々っ子のような態度だ。

（態度悪いなあ……）

僕を気遣うことなくさっさと歩き出したレオンさんの後を追って、石造りの醸造所を見て回る。

醸造所は一階と地下があるらしい。

一階は空っぽの石の浴槽らしきものが十槽、壁に沿ってLの字に並んでいる。

さらに、窓は全て木の戸で塞がれ、光があまり入らない構造をしていた。長年の色と匂いが染みついているのだろう、部屋全体が紫に染まり、ほんのりワインの香りがする。

「レオンさん、この部屋は？」

「……葡萄を醸《かも》す部屋だ」

「醸す？」

（醸す、って発酵のことだよね？　樽でするものだと思ってたけど、違うの？）

僕は首を傾げる。質問しようとしたけれど、レオンさんは地下への階段を下りはじめていた。慌てて僕もついていく。

階段を降りると、地下は一面の熟成室だった。ぷんとワインの香りが強い。

熟成室には、大きな木樽が横に寝かされていた。上下をずらして二段に積まれた樽は、何列にもわたって、ずらーっと遥か奥まで並んでいる。

「わあー……。すごい！」

きっとヴァレーのワインを愛する人が見たら、咽《むせ》び泣くような光景だろう。小作人と醸造家の手間暇と汗の結晶がそこに集結していた。まさに圧巻だ。

僕とレオンさん以外にも、数人、ちらほらと人影が見える。レオンさんほどではないけれど、みんな四十代前後のムキムキマッチョだ。

「あれが、マルクの息子か」と話しているのが、聞くともなしに聞こえてくる。

（父さんと同じ年頃の人ばっかりだから、僕のことが知られていてもおかしくないか……）

視線を感じつつ、僕たちは樽と樽の間を歩いていく。

樽の蓋？　底？　には、一つ一つ焼印が押してあった。内容は収穫年や葡萄の品種といった、ワインの情報だ。

（僕が大人だったら、ここで試飲ができたかもしれないのに……！）

僕は悔しさに歯噛みしつつ、ふと気になったことをレオンさんに尋ねてみた。

「あの、レオンさん。見たところ、ワインは一つの品種だけでできているみたいですけど、いくつかの品種を混ぜることはしないんですか？」

「おい。それをほかのやつに言ったら、唾飛ばして怒鳴られるか、ぶん殴られるぞ」

「え？」

「ヴァレーの葡萄は、神々の加護を受けて育つ。ワインはその葡萄の美味さを最大限に引き出し、高め、研ぎ澄ませた物じゃなくちゃならねえ。それを混ぜて誤魔化すなんつぁ、バチが当たる。伝統を何だと思ってるんだ、ってな」

「バチ……伝統……」

思ってても見なかった言葉に、僕は目が点になった。前世だと、いくつかの品種を混ぜてワインを作るのはごく一般的だったような気がするけど、ヴァレーでは違うらしい。

「わかったら、もう言うんじゃねえぞ」

「う、うん」

レオンさんはそう言い捨てて、ずかずかと奥へと向かう。最奥は、頑丈な錠がかかった鉄格子に阻まれていた。向こう側には、壁一面の棚にワインの詰まったガラス瓶が寝かされている。

「こっから向こうは、古い年代物の保管庫だ」

「古い年代物？　これ以上先には行けないんですか？」

「向こう側は、それこそ目ん玉が飛び出るくれえの代物がわんさかある。俺でも旦那様の許可がなきゃ入れねえんだよ。諦めろ」

「……はい」

レオンさんはそう言うと踵を返し、来た道を戻っていった。


レオンさんに続いて僕も地上に戻ると、そこにはヌーヌおばさんが待ち構えていた。

「ヌーヌ……。おめえ、ここで何してやがる」

「ヌーヌおばさん！　何でここに？」

「いやねっ、レオンがルイをいじめてるんじゃないかと心配でねえ。ちょっと様子を見に来たんだよっ」

ヌーヌおばさんはギロッとレオンさんを睨みつける。

忙しい時期なのに、わざわざ見に来てくれた気持ちが嬉しかった。

（それにしてもこの二人、顔見知りにしては、なんだか気安いような……。ああ、もしかして）

「ええっと、ヌーヌおばさんとレオンさんは、夫婦なの？」

「「はあ⁉」」

僕がまさかと思って聞くと、二人から凄まじい勢いで反論された。ふつうに怖い。

「ご、ごめんなさい」

「こんなむさ苦しい阿呆と夫婦なんて、死んでもごめんだねっ」

「そりゃあ、俺のセリフだ！　こんな樽、こっちこそごめんだ！」

「誰が樽だって〜⁉」

（ひええ〜）

ヌーヌおばさんとレオンさんは、バチバチと火花を飛ばし合う。一触即発だ。

二人はしばらく睨み合っていたけれど、僕がおろおろと困っていると、ヌーヌおばさんがため息を吐いて鉾《ほこ》を収めてくれた。

「はあ……。あたしとこいつは、幼馴染なんだよ。今じゃあたしは葡萄農園、こいつは醸造所の責任者だけどねっ」

「幼馴染……。っていうことは、レオンさんも父さんの幼馴染ってこと？」

「そういうことだねっ」

レオンさんは、いまだにむすっとしている。

ヌーヌおばさんはそんなレオンさんの背中をばっち――んっと引っぱたいた。あれは絶対痛い。

（うわー……。僕、ヌーヌおばさんだけは絶対に怒らせないようにしよう）

「あんたも図体ばかりデカくなって、いつまでも子どもみたいに拗ねてんじゃないよっ」

「……うるせぇ」

「ルイはちっちゃな弟と二人、慣れない土地でがんばってるんだよっ。それを助けてやるのが、あたしら大人の役目じゃないのかいっ！」

ヌーヌおばさんの言葉に、レオンさんはそっぽを向く。そして、しばらくしてから重たい口を開いた。

「……どうせ、こいつもマルクみたいに、へこたれてヴァレーから逃げちまうさ」

「おっどろいた！　あんた、まだマルクがいなくなったことを、根に持ってたのかいっ？」

レオンさんが拳をぎゅっと握る。

「俺だって……。俺だって、こいつがマルクじゃねぇってことはわかってるさ。でも、こいつがあんまりにも、あの頃のマルクそっくりで……。何で逃げたんだ。俺に一言も言わずに、勝手にいなくなりやがってって思ったら……」

時間が経って、風化したかのように思えても。

ヴァレーには、父さんが家出したことで傷ついた人がたくさんいる。おじいちゃん、おばあちゃん、ヌーヌおばさん。そして、レオンさんも。

「……ガキの頃はよく、葡萄畑のてっぺんでマルクと話したもんだ。俺は醸造家として、あいつはヴァレー家の跡取りとして。お互いに、お互いの領分でがんばろうってな。そんでいつか、俺たちの手で、最高のワインを造ってやろうって」

「はんっ。緑の手のあたしだっていたよっ」

「ああ、そうだな。三人で誓って……。今じゃ、二人だけどな」

レオンさんは自嘲気味に笑う。

もしここに父さんがいたら、ヴァレーはどうなっていたのだろうか。

「その、僕、昔の父さんのことをよく知らなくて。だから、良かったら父さんのことを、教えてください」

「……ちっ。しゃーねーな」

レオンさんはそう言うと、僕の髪をぐしゃぐしゃと乱暴にかきまわした。

「……悪かったな。おめえがマルクじゃないなんて、わかりきったことだってのに」

「そんなに僕、父さんに似てますか？」

「ああ。そっくりだぜ。……いや、でも目が違うか。あいつは繊細で優柔不断なところがあったが、おめえは図太くて賢そうだ」

「……はは。ありがとうございます」

（図太いって、褒めてるつもりなのかな？　つもりなんだろうな……）

「やれやれ。まったく、女々しい男だねえっ。まあ、落ち着くとこに落ち着いてよかったよっ」

「うるせえぞ、ばばあ。おめえだって、初恋のマルクがいなくなって、あいつのことを相当詰《なじ》ってた癖によ。よく言うぜ」

「はんっ。そんな昔のこと、忘れちまったねっ」

（……⁉　え？　えええ？？　ヌーヌおばさんの初恋って、父さんだったの～⁉）

まさかの衝撃的な事実に、僕はあんぐりと口を大きく開けたのだった。

息抜きも大切

僕は午前中は葡萄畑で農作業に汗水を垂らし、昼から夕方にかけては邸で見習い仕事に励む。

そんな毎日を過ごしているうちに、早熟な品種はだんだんと果実が色づいてきた。

白葡萄は緑から、綺麗な黄緑色へ。日差しに透けて、脈のような網目模様や種の影もわかりつつある。

黒葡萄は、緑・赤・紫・黒と一粒ごとに異なる色が入り乱れて、とてもカラフルだ。

さらに、甘い果実の匂いも日に日に強くなっている。すると、その匂いに誘われるかのように、野鳥や小動物たちが畑に姿を現すようになった。

「しっしっ！　お前たちに食わせるために、丹精込めて育てた訳じゃないんだよっ」

ヌーヌおばさんが、真っ赤な顔で寄ってきた野鳥を追い払う。

小作人たちも腰にカウベルをつけて畑を歩き、音で追い払っていた。それに、かかしを増やしたり、被害がひどい場所は網をかけて回ったりと大忙しだ。

房の整理や葉の剪定をしていた僕は、作業に一区切りがついて体を起こす。その時、ちょうど巡回中なのか、畑の麓《ふもと》を歩くドニ・ブノワ・チボーの三人と目が合った。

(ドニたちだ……！)

三人は長期の護衛任務が終わって、長めの休暇をもらっていたはずだ。こうして巡回をしているということは、きっと休暇が終わって復帰したのだろう。

僕は久しぶりに会うみんなが懐かしくて、手を振った。

ドニたちも二指をぴんと立て、僕に向かって敬礼をしてくれる。チボーなんか、ウィンクまで飛ばしてきた。相変わらず、言動がチャラい。

(でも、こうして揃いの装備を身につけて帯剣している姿は、格好良く見えるから不思議だ)

僕が感心していると、いつの間にかヌーヌおばさんがすぐそばに来ていた。

「ドニたちが帰ってきてくれたから、安心さねっ。これからが本当に忙しい時期だからねっ」

「え。ヌーヌおばさん、これ以上忙しくなるの……？」

「そうさっ。これから果実が熟すにつれて、鹿や猪たちが畑にやってきちまうんだよっ。畑を荒らす獣の討伐は、猟師だけじゃ手が足りなくてねっ。毎年、自警団も協力して、おおわらわさっ」

「なるほど……！」

自警団はヴァレー家の護衛や、町の治安維持が仕事だと思っていた。けれど、そんな仕事もしていたのか。

確かに、大型の獣が暴れたら樹を傷めかねない。それに、小作人たちに牙を剥く可能性だってあるのだ。

「それにねえ……。秋からは新酒を狙って、盗みに入ろうとするやつも多くなるのさ。物騒な話だけどねっ。団長のドニは傭兵上がりだから、いるのといないのとじゃあ、やっぱり安心感が違うよっ」

「ドニが元傭兵……。どうりで、腕に覚えがある訳だ」

そんな話をしていると、ドニが一人でこちらにやってくる。

「ルイ坊ちゃん。久しぶりですなっ！　元気そうで安心しやした」

「うん。ドニも元気そうで良かった」

まだ知り合いの少ないヴァレーで、気心が知れている貴重な存在だ。つい僕の声が弾んでしまう。

「色々話したいことはあるけど、忙しいよね？」

「へえ。俺もあまり長居できやせんで。なので、単刀直入に言いやす」

「？　うん？」

「ルイ坊ちゃん。良かったら次の休みに、俺と逢引きでもしやせんか？」

そう言うと、ドニはニヤッと人の悪い笑顔を浮かべたのだ。


ドニが逢引きなんて言うから、貞操の危機かと思った。でも、蓋を開けてみれば、リュカも連れての遊びのお誘いだった。冷や冷やさせないでほしい。

約束から三日後。昼を少し過ぎた頃に、ドニが邸まで迎えに来てくれた。

「どに！」

「リュカ坊ちゃん。俺のことを覚えてくれてたんですかい」

「あいっ！」

ドニは体当たりしたリュカを軽々と持ち上げて、くるくると回る。リュカはきゃあきゃあと楽しそうだ。

二〜三周してから、そのまま肩車へ。まるきり休日の親子に見える。

ちなみに、今日はメロディアはお留守番だ。

「それじゃあ、坊ちゃん方。逢引きと洒落込みやしょうか」

「はいはい」

「しゅっぱーちゅ！」

僕たちは邸を出て、外縁通りを右に進む。しばらく歩くと、グルメ通りとぶつかった。

「実はこの通りに新しい菓子屋ができやしてね。今日はそこにお連れしようかと思ってたんですぜ」

「お菓子屋さん？」

「おかちー！」

目的もなくぷらぷらと町歩きかと思っていた。ドニは案外しっかりとデートプランを考えてくれていたらしい。

ドニの案内で、広場に向かってグルメ通りを歩く。

その名の通り、野菜・果物・肉類など、食材に関する店や飲食店が多く集まる市場通りだ。美味しそうな匂いが漂う店もあれば、ちょっと生臭い匂いの店もある。

「ここですぜ」

通りも半ばを過ぎたところで、ドニが立ち止まった。

ドニは肩から下ろしたリュカと手を繋ぐと、親指でくいっと目当ての店を指差す。

「えっ……？　ここ？」

お目当てのお菓子屋さんは、夢のように可憐で可愛らしい外観だ。

最近、塗り直したばかりなのだろう。眩しいほど白い漆喰の壁に、ピンクの蔦薔薇が扉の上でアーチを描いている。

とてもではないけれど、野郎二人＋幼児で入るようなお店ではない。

「男は度胸！」

さすがのドニも恥ずかしかったらしい。そんなことをつぶやいて、扉を開けた。

カランカラン。

ドアベルが鳴り、僕たちに注目が集まる。店内は女性客ばかりで、思わずたじろいだ。

「ドニさん！　いらっしゃいませ。こちらへどうぞ」

「お、おう」

これまた真っ白なフリルのエプロンを着た可愛らしい店員さんが、席へと案内してくれる。

入ってすぐ左右の棚には、持ち帰り専用のお菓子が並んでいた。クッキーやマフィンなど、焼き菓子が多い。

「あっんま～い、におい、しゅる！」

幼児なリュカは、お菓子に目が釘づけだ。僕は気恥ずかしくて、床の木目を見ながら店員さんについていく。

テイクアウトスペースを通り抜けると、奥はカフェスペースになっていた。通路を挟んで左右に二卓ずつ、四人掛けのテーブルが置かれている。

一番右奥の空いている席に、僕たちは案内された。

「ルイ！」

通りがかりに、斜め向かいの席から声を掛けられる。びくっと肩が揺れてしまった。

誰かと思って恐る恐る顔を見ると……多分、アネットだ。普段畑で作業している時とは違って、可愛らしい洋服でお洒落をしているから、すぐにはわからなかった。

どうやら、アネットは同年代の女友達四人で来ていたらしい。「この子が例のあの？　意外とイケてるじゃない」「でしょ」なんて、ヒソヒソ声が聞こえた。

僕は気まずくて、会釈だけしてそそくさと座る。

「……ルイ坊ちゃんも、隅に置けやせんね」

「もう！　そんなんじゃないから。そんなことより、注文しちゃおう」

ドニに揶揄《からか》われて、頬がうっすらと熱い自覚がある。連れてきてくれたドニには悪いけど、すぐ食べてすぐお店を出たい。

「そういうことにしておきやしょう。……っと、この菓子屋は、店内で食べられるのは一種類だけなんですぜ。なんで、メニューはありやせん。飲み物は紅茶でいいですかい？」

「うん。リュカは果実水かミルクがあればお願い」

「へい。わかりやした」

ドニがさくさくと注文してくれる。

それにしても、メニューが一種類とは、ずいぶん強気なお店だ。ほかのテーブルはすでに食べ終わったようで、どんな代物なのか皆目見当がつかない。

「どにとー、おでかけ、たのち！」

「かわいいこと言ってくれるじゃねえですか。ここは俺の奢りですから、遠慮せず気の済むまで菓子を食ってください」

「やっちゃー！　ありあと、どに！」

ドニはリュカにデレデレだ。砂糖みたいに甘い、甘すぎる。

僕は隣に座るリュカの首に、大判のハンカチをかけた。念の為のナプキン代わりだ。ついでに、しっかりと釘も刺す。

「リュカ。夕飯を食べられなくなっちゃうから、一個だけだよ」

「えええ～～～」

ぷっくーと膨らんだリュカのほっぺを、僕は指でつつく。「ぷう」と口から漏れた息にリュカは面白くなって、たちまち機嫌を直してくれた。ちょろい。

そうこうしているうちに、お菓子と飲み物が運ばれてきた。

「お待たせしました。パフ・レザンです」

「「おおお～～～（ほわあ～～～）」」

おそらく、前世で言うシュークリームだと思うけれど、色が薄紫だ。

まん丸に膨らんだシュー生地に、葡萄果汁が練り込まれているのだろう。葡萄の実を模している。

「出来立てのうちに食べるのが、うまいらしいですぜ」

「そうなんだ！　じゃあ、さっそく。いただきます」

「いたっきまっちゅっ！」

お皿にはフォークが添えられているけれど、ドニは手に持って豪快にかぶりついた。

僕とリュカも倣って、そのまま両手に取る。

拳よりも大きいパフ・レザンは、大きさの割に軽い。それに、指が沈むほど柔らかく、まだほんのりと温かかった。

底から裂いて、二つに割る。中にはたっぷりの生クリームと黒葡萄のジャムが入っていた。もうこれは、美味しいことが約束されているも同然だ。

僕は、生地・生クリーム・ジャムを大きな一口で頬張った。

「ん～！」

まず、甘さ控えめの生クリームが、ふわっととろっと口の中で溶ける。乳臭さも、くどさも全くない。そのあとを、黒葡萄の自然な甘酸っぱさが追いかけていった。

（生クリームとジャムなら、パンでも良いはずだけど……。これは、柔らかいシュー生地だからこそ出せる、絶妙な味だ）

ドニも僕も、あっという間に食べ切ってしまった。一個がものすごく軽いから、もう一つ二つ食べられそうではある。

リュカも首に巻いたハンカチと手を生クリームだらけにしながら、嬉々として最後の一口を放り込んだ。指についた生クリームを、名残惜しそうに舐め取っている。

「おいちかっちゃー！」

「いや〜。美味かったですな。こりゃ、確かに食べる価値がありやすぜ」

「生クリームは傷みやすいから、店内だけってのも納得だよね。ここでしか食べられない、特別なご褒美感があるし」

「おお！　確かにそうですな！」

あまりの美味しさに、周囲の目なんて気にならなくなっていた。美味しいは正義だ。

リュカの顔とお手々を拭いてあげながら、ドニとの会話に花が咲く。

すぐ食べてすぐお店を出たいなんて思っていたのに、気がつけば一時間以上もまったりと過ごしてしまった。


僕たちは菓子屋を出て、腹ごなしにぶらりと広場の方へ向かう。

「このドニが、坊ちゃん方をとっておきの場所へご招待しやしょう」

なんて気障《きざ》ったらしくドニが言うので、お任せだ。

僕たち兄弟がヴァレーに来た日にお祭り騒ぎになってしまった広場は、今日も賑わっていた。

人混みをかき分けて、ドニは広場の角にある塔のような建物の中に入る。ここは、ほかの建物に

比べて、頭二～三つ分は高いのだ。

中に入ると、チボーやブノワ、それに数人の自警団員が長テーブルに座っていた。

壁を埋めつくすかのように、剣・ナイフ・盾といった武器防具や、縄・網・ランタンなどの備品が掛けられていて、少し物々しい雰囲気だ。

「団長！　今日は非番じゃなかったっすか」

「（こくこく）」

「おー。非番だぜ。だから、坊ちゃん方をお連れしたんだ。ルイ坊ちゃん、ここは一階が自警団の詰め所になってるんでさあ。んで、あの脇の階段から登ると、見晴らし台に上がれるんですぜ」

「え。それって、僕たちが登って良いの？」

「自警団と一緒かつ町の住人であれば、登っても問題ありやせん」

そういうことなら、一度くらい登ってみたい。

「団長だけずるいっす！」とブーイングの嵐なチボーやブノワに手を振り、階段へと向かう。

石壁に手をつきつつ、人一人分がやっとの狭い螺旋階段をゆっくりと登りはじめた。僕が先頭で、リュカをおんぶしたドニが後ろだ。

（おかしいな。だんだん脇腹と太ももが、痛くなってきた……）

そんなに高い建物ではないから余裕だと思っていたら、地味にきつい。息が切れる。

「にぃに、がんばりぇ～！」

「ルイ坊ちゃん。若いんですから、頑張ってくだせえ」

リュカを背負っているのに、ドニは余裕そうだ。自警団長と僕とでは、こんなに基礎体力が違うのか。

確実に数百段は登って、やっと頂上が見えてくる。僕は息を整えて、光が差すアーチ型の壁を潜り抜けた。

「わあー！　絶景だ！」

「やあ、こあい！」

外に出ると、ヴァレーの町が一望できた。葡萄畑や草原、白の山脈まではっきりと。まるで、ミニチュアのような景色だ。

生まれてはじめての高さに、リュカは怖がる。ドニの髪に、顔を埋めてしまった。

（かわいそうだから、そう長居はできないな……）

でも、せっかく登ったのだからと、僕は胸までの高さの壁に囲まれた櫓《やぐら》をぐるっと一周する。三百六十度、どこからでも町を見渡せた。

上を向くと、三角屋根に小さな鐘がぶら下がっている。きっと、緊急時にはあの鐘を鳴らすのだろう。

「良い景色だね……」

「そうでしょう。俺はこの眺めが好きでしてね。いつか坊ちゃんたちにも見せたいと、思ってたんでさあ」

風が吹く。見晴らし台のすぐ脇を、鳩の群れが飛んでいった。

「ヴァレーでの生活は、慣れやしたかい」

「……正直、まだ」

改めてこうして景色を見ると、遠いところに来たのだなと思う。

ヴァレーは美しい町だ。みんな働き者で、気立ての良い人が多い。でも……。

「なんと言うか……よそよそしさが抜けないというか。知れば知るほど、僕なんかが跡継ぎ候補で良いのかなって、最初からゼロの自信がもっとなくなるというか……」

言葉にできないもやもやが、はじめて口から漏れた。

僕はお兄ちゃんだから、人よりも少し心が大人だから。そう自分で自分を誤魔化していた。けれど、ヴァレーでは常識も知識も人との関係性も、一から作り上げていかなければいけない。味方をしてくれる人もいるけれど、敵対……とまではいかなくても、僕のことを良く思っていない人だっている。そんな暮らしに、少しだけ心が疲れてしまったのも事実だ。

「俺も、余所者でさあ。その気持ちは、よくわかりやすぜ。今だってふと我に返って、『俺はなんでここにいるんだ』って思うことがありやす」

「ドニも……？」

ヴァレー家からの信頼も篤くて、自警団長としていつも堂々としているドニの言葉に、僕は驚いた。

「大丈夫、なんて気休めは言えやせん。そりゃあ、ルイ坊ちゃんがちょっとずつ折り合いをつけていかなきゃなんねえもんでさあ。でも、焦って頑張り過ぎもいけやせん」

「うん……」

「疲れたら休んで、愚痴を言って良いんでさあ。それこそ、ルイ坊ちゃんはまだ十四の子どもなんですぜ？　ちょっと一人の時間を満喫したり、こうしてぼうっと景色を眺めたりして、息抜きするくらい誰も怒りやせん」

「っ……ありがとう、ドニ」

そこで、僕はドニがなんで『逢引きだ』なんて言って、誘ってくれたのか理由がわかったような気がした。

ドニがぬっと片手を上げ、僕の髪をぐしゃぐしゃにかき回す。

その大きくて温かい手に、僕はヴァレーに来てはじめて、胸のつかえが取れた思いだった。

その日の夕食時。

「あらあら、まあまあ。旦那様もドニも良いわね。ルイとリュカとお出かけ、なんて」

そう言ったおばあちゃんの笑顔を、僕はきっとずっと忘れない。よっぽど、みんなに抜け駆けされたことが頭にきたのだろう。足の悪いおばあちゃんに遠慮したことが、裏目に出てしまった。

（普段優しい人が怒ると怖い、っていうのは本当だったんだな……）

そんなことがあって、次の休みにはみんなで日帰り旅行に行くことが決まったのだ。

そうして、五日に一回の休みの日。

朝から馬車に揺られ、僕たちはヴァレーから二時間ほどの距離にある小さな湖へとやってきた。

この湖は水深が浅く、安全に水遊びができるとあって、町の人たちにも人気の遊びスポットだ。

何より……。

「白の山脈が逆さに映ってる！　すごい！」

「おやま、ふたっちゅー？」

「ククク？」

夏草に縁取られた楕円の湖は、白の山脈の雪解け水が溜まってできた湖なのだ。なので、水が恐ろしく澄んでいる。

そのおかげで、湖面に白の山脈をくっきりと映す、鏡のような湖としても有名だった。

湖の向こうには、本物の白の山脈が聳《そび》え立つ。冠雪が突き抜けるような青空に映えて、眩しかった。

「久しぶりに来ましたけど、記憶と変わらないとても美しい湖ですわね」

「ああ、そうだな」

足の悪いおばあちゃんは、おじいちゃんの手をとってゆっくり湖へと歩く。

僕もリュカとメロディアが勝手に湖へ駆け出さないように、しっかり手を繋いだ。

僕たちの後ろから、ピクニックバスケットを持ったおばあちゃんの侍女と、護衛として自警団のメンバーが二人ついてきている。

「にぃに、にょろにょろ、いりゅ！」

「ククク！」

「ああ、小さなお魚さんが泳いでるんだよ」

「おしゃかにゃしゃん」

「クク～」

波一つない湖面を覗き込むと、底には草のような藻がびっしりと生えていた。ゆらゆら揺れる藻に隠れるかのように、小さな魚の群れが泳いでいる。

あっという間に湖を一周すると、畔《ほとり》の四阿《あずまや》でまずは腹ごしらえだ。

「それでは……良き日に乾杯」

「「「乾杯！（っぱ～い！）」」」

「クク！」

おじいちゃんとおばあちゃんは赤ワイン、僕・リュカ・メロディアはミルクで乾杯をする。

ヴァレー家の料理人たちが腕を振るった料理を、侍女が次々とテーブルに広げてくれた。

まずはチーズ・ソーセージ・サラミ・オリーブといった、定番のおつまみが並ぶ。

「赤ベリーのような、瑞々しい果実感のあるワインですこと。酸も渋味も控えめで、お食事の邪魔をせずにいただけますわね」

「ああ。色も美しいガーネットだ。若いが、程良く凝縮感もある。こうして外で飲むのは、心地良いな」

ワインの感想を話し合うおばあちゃんとおじいちゃんを、僕はつい物欲しそうな目で見てしまう。

（くっ……！　美味しそうなワイン、良いなあ。僕も飲みたい……！）

この世界は、飲酒年齢について特に決まりはない。けれど、成人前の子どもがお酒を飲むのは、あまり良く思われなかった。

わざわざお酒を飲まなくても、喉が渇いたのなら水生成《ウォーター》か井戸水を飲めば良い、という考えなのだ。特にヴァレーは、湧水を飲める噴水や泉が町の至るところにある。

「おしょとで、ごあん、しゃいこー！」

「ククー！」

食事は、サンドイッチ・キッシュ・ラム肉のロースト・旬のグリーンピースの冷製ポタージュと、どれも美味しい。

特に僕が気に入ったのは、サンドイッチだ。塩味のＢＬＴ、ベーコン・葉物野菜・チーズ・旬の濃くて甘いトマトが柔らかいパンにたっぷりと挟んであって、いくらでも食べられる。

リュカはラム肉のロースト……ではなく、その付け合わせのマッシュポテトとグレイビーソースが気に入ったようだ。山盛りのマッシュポテトを、上手にスプーンですくう。みるみるリュカのお口に吸い込まれていった。

メロディアも、リュカの隣で茹で鶏肉や赤ベリーを食べている。けれど、果汁でせっかくの綺麗な毛がベタベタだ。

「はあ……。お腹いっぱい。やっぱり外で食べるご飯は美味しいね」

「ごっしょーしゃまでちた！」

「ククー！」

僕は満腹になったお腹をさする。リュカもメロディアも僕の真似をして、まん丸ぽっこりのお腹を撫で撫で。一人と一匹のあまりにも揃った仕草に、つい吹き出してしまった。かわいい。

しばらくまったりと食休みをした後は、メロディアの洗濯がてらリュカと湖に入ってみることにした。

まずは水温チェックだ。

僕はブーツと靴下を脱ぎ、ズボンの裾を捲る。そして、そうっとつま先から足を浸した。

雪解け水だからなんとなく冷たいと予想していたけれど、夏の直射日光に温められたのかちょうど良い水温だ。深さも、僕の脛《すね》の半ばほどしかない。

（これなら、リュカでも水遊びできそう）

水遊びが大好きなメロディアは我先にと湖に飛び込んで、悠々と泳いでいる。

「リュカも水遊び、する？」

「しゅる！」

「じゃあ、ばんざーい」

「じゃんばーい」

リュカの上着と下着を脱がせて、ズボンだけの格好にする。脱いだ服は収納《ストレージ》にぽいっ、だ。

上半身裸になったリュカは怖がることなく、よちよちと湖に入っていく。

「ぴちゃ、ぴちゃ」

「クク、クク」

リュカは、メロディアが泳いでいる辺りで座り込んだ。本当に浅いので、胸下までしか浸かっていない。

さらに、水に慣れてきたのか、楽しそうにメロディアと水を掛け合いはじめた。水飛沫がきらきらと空を舞う。

「めろちゃん、おみじゅ、たのちいね～」

「ククク～」

「きょうは、ひろ～いおみじゅね～」

「クク～」

（いつもは大鍋で水遊びをしているから、確かにそれと比べれば広いな。ははっ）

三十分ほど水遊びをしただろうか。

長く水に浸かっていると、体が冷えてしまう。なので、一度着替えて、四阿で休憩することにした。

「にぃに～。めろちゃんの、たっち、みしぇちゃい！」

「タッチ？　おじいちゃんとおばあちゃんに？」

「あいっ！」

「クク！」

リュカとメロディアは、ふんすとやる気満々だ。駄目だと言う理由もないので、急遽、メロディアの芸を披露することになった。

賢いメロディアは今やタッチやお座りだけでなく、おまわり・ハイタッチ・股くぐりもできるのだ。

「めろちゃん、あんよ、こっちー！　ちゅぎは、こっちー！」

「ククク一ン！」

一人と一匹が次々と披露する芸に、おばあちゃんも侍女も喜んで手を叩いてくれる。

おじいちゃんも、ミンクリスが芸をするとは思っていなかったのか、目を丸くして驚いていた。

「まあ、まあ！　リュカもメロディアも、すごいわ！」

「えへへ～、めろちゃん、しゅごいのっ！」

「ククク！」

褒められた一人と一匹は、腰に手を当ててえっへんと得意気だ。

「……リュカは、調教《テイム》の才能があるのだったな。こんなことまでできるのか」

「メロディアも賢いみたいで、教えたらできちゃったんだ」

「そうか……」

おじいちゃんは腕を組んで、何かを考え込んでいる。僕は調教《テイム》の不思議に唸っているのかと、この時は気にも留めていなかった。

「ふふふ。今日は楽しかったわ。またみんなで来ましょうね」

「ね～」

「ク～」

そうして、僕たちは太陽が西に傾きはじめるまで、湖の畔でのんびりお昼寝をしたり、水遊びをしたりと、家族の時間を過ごしたのだ。

再会

朝の涼しいうちに農作業を済ませて、ジリジリと暑い午後は執務に精を出す。

計算スキル持ちの僕の主な仕事は、邸の帳簿付けだ。

数年前に、国外の商人を介して帳簿の技術がヴァレーにも伝わってきたらしい。驚くことに、中身は前世でいう「簿記」とほぼ同じだった。

体を動かした後に机仕事をすると、眠気が襲いかかってくる。でも、一瞬でも意識を飛ばすと、レミーが「ルイ様」と一言だけ呼ぶのだ。ある意味、恐怖である。

そんな毎日を送るなか、ある日、執務中に執事のセバスチャンから、思いもよらない来客を告げられた。僕は慌てて応接室へと駆け込む。

そして、ここにはいるはずのない人物を目にして、思わず叫んでしまった。

「フルモア⁉」

「るい、ひさしぶり！」

そこにはヴァレーへの旅の途中で出会った少年と、その父親がソファに座っていた。

フルモアは僕を見ると、パッと顔を輝かせる。反対に、フルモアのお父さんは緊張に顔を強張らせて、肩身が狭そうに縮こまっていた。

「これ、ルイ。まずは座りなさい」

「あ……。おじいちゃん、ごめんなさい……」

そう声を掛けられて、はじめておじいちゃんもいることに気がつく。驚きすぎて、視野が狭くなっていたようだ。

僕はぎこちなく、おじいちゃんの隣に座った。

「えっと、おじいちゃん。この子はフルモア。こちらがフルモアのお父さんで、えっと名前は……？」

「モーリーですぅ。モーとぉ呼んでください」

モーおじさんは慌ててキャスケット帽を脱ぎ、ぺこぺこと頭を下げる。

「フルモアたちとは、ヴァレーに来る途中のソンブル村で出会ったんだ」

「ドニから、あらましは報告を受けておる。それで、今日は何用でいらしたのか」

おじいちゃんは穏やかに笑いつつ、二人に本題を切り込んだ。

「俺たちはソンブル村を出てぇ、この町に移り住んできたんですぅ」

「移り住んできた？　それはまたなんで……」

(風の民への風当たりが強くても、モーおじさんの故郷だからソンブル村に住んでたんじゃなかったっけ？)

移住つまり故郷を出てまで、ヴァレーに来た理由が何かあるのだろうか。僕が不思議に思って尋ねると、フルモアもモーおじさんも俯いてしまった。

「そんちょう、かあちゃんのこと、ふしらだっていってた。たぶん、わるぐち？」

「そのぉ、かかぁはフルモアそっくりの黒髪でぇ、俺ぁ見ての通り焦茶ですぅ。フルモアは一房だけ前髪に金髪が交じってますがぁ、娘のリリーはそりゃあ見事な金髪でぇ……」

「ああ……。なるほど」

（ふしらって、ふしだらってことか。ほかの家族に一人も純粋な金髪がいないから、お母さんが浮気したんじゃないかってこと？　それを子どもに向かって言うなんて……！）

僕は眉をひそめた。でも、悲しいかな、あの村長なら確かに言いかねない。

「リリーは、かかぁの姑の血が濃くでたんですぅ。そう言っても、村のだっれも信じてくれなくってぇ……。村の恥知らずには、仕事をやれん！　と村長にも怒鳴られてぇ……」

「おれ、むらのこに、いしながられた……」

「それで、もうぉ、この村にはいられんなぁって、家族で逃げてきたんですぅ」

「そんなことが……」

胸が痛い。

モーおじさんの話が本当なら、周辺国を放浪しながら生きる風の民は、おそらく混血が進んでいるのだと思う。隔世遺伝、という言葉が僕の脳裏をよぎった。

けれど、そんな知識もほとんどない世界だ。

余所者を嫌い、根強い偏見が蔓延《はびこ》るあの村では、誹謗中傷の格好の的だっただろう。

「話はあいわかった。それで、ルイを頼って家や仕事を斡旋してほしい、ということか？」

おじいちゃんが真意を確認するかのように、モーおじさんに聞く。その言葉に僕はハッとした。

なぜおじいちゃんが僕への来客なのに同席しているのか、なんとなく理由を察したのだ。

「いんえ、家は職人ギルドから借りられましたぁ。仕事も昔の遍歴仲間から、ちょこちょこ紹介してもらえることになったんでぇ、なんとか食べてはいけそうですぅ」

「……では、なぜかね？」

おじいちゃんは朴訥なモーおじさんに毒気を抜かれたのか、警戒を解いたのが雰囲気でわかった。

「挨拶と、そのぉ……。恩人に厚かましいお願いですがぁ、どうかフルモアと友達になってはくれんですか。この通りですぅ」

「おねがい、します！」

二人は僕たちに向かって、がばりと頭を下げる。

「ヴァレーにいざ来てみたら、村とは比べもんにならないくらい大きな町で、すっかりフルモアも元気がなくてぇ。でも、一人でも友達がいればぁ、気の持ちようも違うんじゃないかなんて、思ったんですぅ」

「おれ、そと、こわい……」

ソンブル村での偏見に、フルモア家族はずいぶんと傷つけられたのだろう。特にフルモアは、すっかり人と関わるのが怖くなって、家に引きこもりがちだったらしい。

でも、このヴァレーには僕がいる。困っていたフルモアたちに、手を差し伸べてくれた僕がいれば、顔見知りが皆無の地でも頑張れる気がすると、思ったのだそうだ。

二人がぽつぽつと語る言葉に、僕は恥ずかしくなる。

（そんなに大層なことは、した覚えがないんだけど……）

どちらかといえば、あの時はドニたちが手となり足となり動いてくれたからこそ、なんとかなったのだ。それに……。

「ええと、僕、フルモアのことはもう友達だと思ってるよ？」

「！　るいー！」

喜色満面のフルモアに、犬の耳と尻尾が幻影として見えた。袖振り合うも多生の縁、だ。懐かれて悪い気はしない。

「ヴァレーは存外、外の地から住み着いたものも多い。自警団長のドニや、この邸の家人にもおる。そう心配せずとも大丈夫だ。……ところで、おぬしは職人なのか？　何の職人だ？」

「俺ぁ、鋳造職人ですぅ。と言ってもぉ、扱うのは金物じゃなくて、サップ・プランツの樹液やスライムゼリーなんですがぁ……」

「ほう。ヴァレーは金物を扱う職人がほとんどで、ほかはあまりいないと聞く。専業の職人が定住してくれるのはありがたい。私からも、職人ギルドに一言言っておこう」

「ありがとう、ございますぅ！」

フルモアのお父さんが、感激して言葉を詰まらせている。どうやら、二人はおじいちゃんのお眼鏡に適ったらしい。

「モーおじさん。鋳造って、型に素材を流し込んで、固めて、品物を作るっていうあの？」

「そうですぅ。少し前は窓板やランプシェードなんかが多かったんですがぁ、最近じゃあ哺乳器なんてものも鋳《い》てますねぇ。仕事が増えて、ありがたいことですぅ」

「哺乳器……」

おじいちゃんが、ちらっと僕を見たのがわかった。がっつり心当たりがある。

「えっと、仕事が増えてありがたいって、樹液の鋳造ってそんなに仕事が少ないの？」

「そうですねぇ。金物と比べて作るのは簡単でぇ、繰り返し使えるもんですから、はじめに量をつくっちまえば、あとはなかなか……。それに俺ぁ村職人でしたから、町の商人に安く買い叩かれちまってぇ……」

ぼりぼりとモーおじさんは頭をかく。

（ああ。それで、出稼ぎに行く必要があったのか）

単価の安い仕事で稼ごうと思ったら、単純に量を増やさないといけない。きっと哺乳器作りが増えた分、稼げたのだろうけど、それでも出産や子育てにはお金がかかる。

だから、モーおじさんは出稼ぎに行くしかなかったのかと、僕はフルモア家族の背景をうっすらと察したのだった。

（ソンブル村より規模が大きいとはいえ、ヴァレーは大丈夫なのかな？）

おじいちゃんを見やると、意図を汲んでしっかりと頷いてくれた。

「ヴァレーは人が増えつつあるから、窓板の需要は常にあると聞く。それに、買い叩きがないよう、職人ギルドも商人ギルドも目を光らせておる。何か困ったことがあれば、相談すると良い。……さあ、ルイ。せっかく二人が挨拶に来てくれたのだ。二人が良ければ町を案内してやると良い」

「！　そうする！　ありがとう、おじいちゃん」

モーおじさんもフルモアも恐縮しているけれど、町歩きには異論がないみたいだ。顔を見合わせて、嬉しそうに頷いている。

僕はフルモア父子とついでにリュカも連れて、町へと繰り出した。

閑話　じぃじといっちょ

「じぃじ。にぃに、おべんきょ？」

「ああ、そうだ」

幼い孫のリュカが、わずかに開いた執務室の扉から室内の様子をうかがっている。

私は寂しげなその小さな背中を、後ろから見守った。

きっかけは、大人しく遊んでいたはずのリュカが、兄を恋しがって泣き出したことだった。

リュカの兄であるルイは、ヴァレー家の跡継ぎとして見習い仕事をはじめたばかり。早々、仕事の手を止めてリュカの相手ばかりはしていられない。

だが、「どんなにあやしても、宥めてもリュカが泣き止まない」と、手を焼いた妻のイネスと子守が、わざわざ二階の書斎までやってきて私に訴えるのだ。

仕方なく、私は二階の談話室に赴いた。

そこで目にしたのは、身も世もなく床に突っ伏して泣くリュカと、必死でリュカを慰めようとするミンクリスの姿だった。

「クーン……」

「にぃにー〜〜。びえぇぇえん」

私はリュカに近づき、すぐそばに片膝をつく。虫のように丸まったリュカの背中に、そっと手を添てた。

「リュカ。何をそんなに泣いておる。じぃじに話してみなさい」

「ひっく……ひっく……にぃにと、あしょびちゃいの」

むくりと顔を上げたリュカは、目も頬も可哀想なほど真っ赤になっていた。宝石のような青い瞳から大粒の涙がぽろぽろと溢れる。

「夕方になれば、ルイはまた戻ってくる」

「いま、あいちゃいの！」

「ククク〜ン……」

言い聞かせ、諭してもリュカは一向に泣き止まない。

「見るだけと約束できるなら、ルイのところに行くか？」

「……あいっ」

リュカは目を擦り、私の人差し指を握った。

子どもの手を最後に握ったのは、もう三十年近くも前のことだ。幼児とはこんなにも小さく、体の熱が高いものだったか。

執務室は談話室を出て、左のつきあたり。リュカが一人で来ようと思えば、来られる距離ではある。

私はあえてノックせず、両手扉を静かに開けてルイの姿を探す。ルイは左奥の長テーブルに座っていた。

「リュカ。あそこにルイがおる」

「にぃに……」

リュカは今にも扉を開けて、ルイの元に駆けていきそうだ。私は酷とわかっていても言い聞かせる。

「良いか、リュカ。ルイは今、必死に学んでおる。邪魔をしてはいけなんだ」

「……うぅ。にぃに……」

「寂しかろう。だが、ここは堪えて、『がんばれ』とルイを励ましてやれ」

「……ぐすん……あい。……にぃに、がんがりぇ～」

リュカは鼻を何度も啜って、ルイに小さく手を振る。そんなことにはまったく気づかず、ルイは書き物に集中していた。

どうなることかと思ったが、リュカはルイの姿を見て気分が落ち着いたのだろう。私のスキルでしか視えない青い靄が、淡い水色へと変わっていった。

どんなに仲の良い兄弟でも、いつかは別々の人生を歩んでいかねばならない。

ルイはもう十四歳。成人の一歩手前に差し掛かっている。将来に備えてたくさんの種を植え、芽生える準備をしなければならない年頃だ。

そんな大切な時期に年の離れた弟にばかりかまけているのは、どちらにとっても良い結果にはならないと私は思う。

「日中はたいてい、ルイはこの部屋におる。もしどうしても寂しい時は、また姿を見に来れば良い」

「……あい！」

「良い子だ。……さて、せっかくだ。気晴らしに、じいじとの散歩に付き合ってくれるか？」

「？　おしゃんぽ？」

「ああ。と言っても、庭を少し歩く程度だが」

「じぃじと、おにわ、いく！」

リュカと再び手を繋ぎ、二階から一階へゆっくりと階段を下りる。

我慢をさせてしまったかわいい孫に、この時期だけのとっておきのご褒美をやろうと、庭に向かった。

一階のテラスから庭へ出ると、初夏の緑が生い茂っていた。

我が家の庭は、通路を挟んで左右に八つずつ区分けされている。それぞれの区画ごとに、庭師が花々・ハーブ・野菜・果物を栽培していた。

「じいじー、おはにゃ、きりぇ～ね～」

「うむ」

リュカと手を繋ぎながら、中央の通路を歩く。この道は、奥の勝手口まで等間隔にアーチがかかっている。頭上には豪奢《ごうしゃ》な赤薔薇が咲き誇っていた。

子どもは頭が重くて、ただでさえ転びやすいものだ。

ましてや、今のリュカは薔薇に見惚れてほぼ仰け反っている。転ぶかもしれないと身構えていたおかげで、案の定、後ろに倒れる寸前で支えることができた。

「おっと。足元を良く見て、転ばぬように気をつけるのだぞ」

「あい！　じぃじ、ありあとー」

しっかりと手を繋ぎ直し、庭の中央あたりで左に曲がる。

すると、枝をしならせて盛大に咲くライラックの甘い匂いが、風にのって香ってきた。私がすんと嗅ぐと、リュカも真似をしてすんすんと鼻を大きく鳴らす。

ほかにも、ロベリア・シャクナゲ・青いケシといった季節の花々が庭を彩り、芳しい香りを放っていた。

私たちは花の競演を楽しみながら、奥まった区画の花壇に行きつく。そこで、目当ての真っ赤な果実を見つけて、私は片膝をついた。

毎年、この時期の食卓に供される果実なれば、そろそろ実っている頃だろうと思ったのだ。

「リュカ、これが赤ベリーだ。こうして……ヘタを下に向けて引っ張ると、簡単に採れる」

「う？」

「さすがにわからんか。まあ、良い。この時期にだけ食べられる、甘い果物だ。食べてみなさい」

「？　あ～ん」

素直に開いたリュカの口に、ヘタを取った赤ベリーを放り込む。もう一つ捥《も》いで、私も一口齧った。

咀嚼すると、真っ赤に熟した果実はやや酸味が強いけれど甘く、果汁がじゅわっと口に広がった。

「リュカ。どうだ、うまいか？」

「あい！　おいちい！」

リュカの目が、今日一番に輝いた。

赤ベリーの味を覚えたリュカはしゃがみ込んで、レンガで囲われた花壇から幾つも溢れている実を物色しはじめる。

「じぃじ、もいっこ！　くーだしゃい！」

「ふっ……。ああ」

三歳ならば、少し手助けしてやるだけで自分でも採れるだろう。私はリュカの小さな手首を掴んで、食べ頃の実まで導く。

すかさず、実を掴んだリュカの手をそのまま下に引っ張ってやると、ぶちっと茎がちぎれた。

「あみゃべりー、とっちゃー！」

リュカは喜んで、さっそく採った赤ベリーの先端に齧りつく。

「んん～!!　あま～！」

「そうか、そうか」

自分の目尻が下がっている自覚がある。幼く無邪気な孫は、ことのほかかわいい。……けれど、息子のマルクが子どもの頃も、それはそれは可愛らしかったのだ。

――とうさん！　これ、すっごくおいしい！

いつかのマルクは、両手に大粒の赤べリーを持って、交互に齧りついていた。マルクの好物だからこそ、庭で赤べリーを育てるようになったのだ。

リュカは、ルイほどはマルクに似ていないと思っていた。

だが、幼き日のマルクの笑顔とはしゃいだ声が、何故か今のリュカと重なる。食い意地が張っているところも、まるきり一緒だ。

情に流されまいと封じたはずの記憶が、ぽろぽろと蘇る。

私は大きく息を吸って、空を見上げた。これはきっと、眩しい太陽の日差しが目に染みたせいだ。

「じぃじー、はあく、かえりょ～～～！」

いつの間にか、リュカは一人で満足するまで赤べリーを採っていた。

というよりも、一番美味しい先端だけを直に齧ったのだろう。小さな歯型がついた赤べリーが、無惨にもあちこちで食い散らかされていた。

まだ物の道理もわからぬ幼児から目を離した、私の責任だ。庭師にはあとで私が怒られよう。

そうため息を吐きつつリュカを見ると、その小さな両手のひらには数粒の赤べリーがのっていた。

「……リュカ、それはどうした？」

「えへへ〜。にぃにに、どうじょ、しゅる！」

「そうか……。ルイが喜ぶな」

きっと、美味しかったから兄にも分けてあげたい。そういうことなのだろう。幼いながらも純粋に兄を思う心に、胸が温かくなる。私はリュカの頭を撫でた。

そろそろ、ルイは午後の休憩時間のはず。であれば、リュカの採ったこの赤ベリーを差し入れてやろう。

私は握り潰しかねないリュカから、赤ベリーを受け取る。少し悩んで、結局、ジャケットの胸ポケットに差し込んでいた白ハンカチに包んだ。

「じぃじ、はあく！　はあく！」

「リュカ、そう焦るでない。急いでも、たいして変わらん」

気が急《せ》いているリュカと手を繋ぐ。

そして、私は遠い昔の思い出を背にして、邸へと歩き出した。

第四章　素晴らしい秋の実り

葡萄の収穫はじまり

長かった日が少しずつ短くなり、夏の暑さのなかにほんのりと秋の香りを感じはじめた頃。

早朝の葡萄畑には、いつにない緊張感が漂っていた。

「こりゃあ……鹿、しかも牡鹿にやられたな。網に絡まった角が一本、折れて残ってやがる。あちこちに転がってる糞からしても、まず間違いねぇ」

猟師のおじさんが険しい顔で言う。

鳥除けの網が引きちぎられ、葉や折れた枝が地面に散乱していた。さらに、付近の葡萄の房は、軒並み姿を消している。

（ざっと数十房くらい？　結構食べられちゃってる……）

悲惨な現場に、僕ですら衝撃を受けたのだ。手間暇かけて育てた小作人たちはもっとだろう。

「なんてことだい……。もうちょっとで収穫だったたっていうのにっ」

ヌーヌおばさんや小作人たちは拳を固く握り、腹立たしそうに吐き捨てる。

葡萄は花が咲いてから、収穫まではおよそ百日。

早熟な品種はすっかり色が変わり、果実が完全に熟すのを見極めていた最中の悲劇だった。

早朝、小作人たちが葡萄畑にやってきた際、収穫を今か今かと待っていた葡萄が荒らされているのを発見してしまったのだ。

「獣は頭がええ。ここに餌がたくさんあるとバレちまったからには、何度も戻ってくるぞ。今年だけじゃねえ、下手したら毎年この時期に、だ」

「それをどうにかするのが、あんたら猟師の仕事さねっ！」

「へいへい。わーってるって。どっかに獣道ができてるはずだ。それを見つけて、いくつか罠を仕掛けてみるさ」

「はあ……。苛立って八つ当たりしちまったよ。すまんかったね。あんたが頼りだ。頼んだよっ」

「気持ちは分かるさ。任せておきな」

猟師のおじさんは、肩を落としたヌーヌおばさんを励ます。そして、牡鹿が通った痕跡を辿ると言って、去っていった。

「……さあ、気を取り直して、今日も頑張ろうじゃないかいっ。網を張り直して、囲いの柵を立てるよっ！」

ぱんぱんと手を叩いて、ヌーヌおばさんが小作人たちに発破を掛ける。その姿はさすが責任者だ。

（これ以上、被害が出なければ良いけれど……）

美味しい葡萄を育てて、美味しいワインを造る。

一言で言ってしまえば簡単だけど、天候・病害虫・害獣など、頭の痛い問題が次から次へと起こるのが、農業の難しいところだ。

それに葡萄が収穫できなければ、それはそのまま売り上げや人々の暮らしに直結する。

そのことを、僕ははじめて肌で感じた。

鹿による被害から一週間後。いよいよ、待ちに待った収穫だ。

夜明け前のまだ真っ暗な時間にもかかわらず、葡萄畑の裾野に建つ特設の祭壇には、多くの人々が集まっていた。少なくとも、百人以上はいる。

もちろん、ヴァレー家も僕だけではなく、全員が参加していた。会場のどこかに、レミーたち事務員もいるはずだ。

「むにゃ……むにゃ……」

「この喧騒のなか、リュカは良く寝ていられるな」

「リュカは一度寝たら、朝まで滅多に起きないから」

「あらあら。ふふふ、かわいい寝顔だわ」

僕が抱っこ紐で抱っこしているリュカは、すやすや夢のなかだ。眠っているから、余計重く感じる。

待つことしばらくして、神職が二つの大きな松明に火をつけた。途端に、パチパチと音を立てて大きく火が燃え上がり、祭壇や白装束の神職たちを赤く照らし出す。

「これより、収穫の儀を執り行う」

巫女の老いてもなお、凛とした声が闇夜に響いた。

(父さんの儀式の時にお世話になった巫女だ……)

白装束を纏った高齢の巫女は祭壇の前に立ち、一礼する。祭壇は葡萄の葉で飾られ、色違いの壺がいくつか置かれていた。

（なんで壺……？）

僕は睡眠の足りない頭で、ぼんやりと疑問に思う。すると、籠いっぱいの葡萄を背負った小作人が数人やってきて、祭壇の前で籠を下ろした。

今まさに収穫されたばかりの葡萄が、神職の手によって品種ごとに次々と壺に納められていく。

そうして、すべての壺が一杯になると、やっと巫女が祝詞を唱えはじめた。

「かけまくもかしこき、白の山脈におわすたけき神々よ……」

巫女と共に、町の住人も思い思いに祈る。手を胸に当てたり、指を組んだり、頭を垂れたりと、祈り方は様々だ。

豊かな実りへの感謝と、神々に初物の葡萄を捧げる祈り。さらに、また来る年の繁栄を希《こいねが》う祈り。

ひゅーっと肌寒い風が吹いて、篝火のくすんだ煙だけがたなびく。言葉も歌も踊りも、何もない。ただ静かな時間が流れた。

パチーン、パチーン、パチーン

巫女が柏手を打ち、深々と一礼する。

すると、余韻がふっと消え、止まっていた時間が動き出した。それを合図に、人々は一斉に葡萄畑へと歩きはじめる。

（これが、収穫の儀……）

ヴァレーに来てから、見るもの体験することすべてが目新しく、不思議なことばかりだ。なかでも白の山脈の神々に関する事柄は、元日本人の僕からすると奇異なことも多く、戸惑うことばかりだ。

気がつくと、祭壇の壺はどこかへ運ばれようとしていた。ムキムキマッチョな男たちが、慎重に抱えている。あれはきっと醸造所の職人たちだろう。

壺には先ほどまで確かに葡萄が入っていたはずなのに、今はなぜかちゃぷちゃぷと水音がした。

「ねえ、おじいちゃん。あの壺の中身は何?」

「ああ。あの壺か。あれには、神々からの奉納の返礼が入っている。葡萄を醸す際に混ぜると、ワインに深みが増すうえ、腐ることがなくなるのだ」

「え。なにそれ、すごい……」

「ただ、あれは日に弱くてな。朝日が昇りきる前に、急ぎ醸造所に運ぶ必要があるのだ」

「そうなんだ……」

(返礼は、加護たっぷりの酵母か防腐剤的な何かかってこと? そんなものをくれるなんて、白の山脈の神々はどれだけワイン好きなんだろう……)

僕とおじいちゃんはこのまま残って、葡萄の収穫に参加する。

足の悪いおばあちゃんといまだに眠っているリュカは、侍女たちとともに一度家に帰っていった。お昼にまた来るらしい。

広い葡萄畑は、一日ではとても収穫できない。だいたい一ヶ月から一ヶ月半以上かけて、段階的に収穫をしていくのだ。

今日は南向き斜面の下腹部に植えられた、早熟種を収穫するらしい。

まだ夜も明けぬ暗いうちから、収穫予定の区画を照らすように篝火が焚かれている。その時、誰かが空高く照明《ライト》を打ち上げた。けれど、夥《おびただ》しい虫が集まってきて、すぐに消える。魔法も使い所だ。

(葡萄が、あんなにたくさん……! 自重で、枝が折れちゃいそう……)

ぼんやりとした明かりに照らされて、たわわに実った葡萄が垣根の下にみっちりと連なっているのが見えた。大豊作だ。

畑に漂ううっとりするような甘い香りを、僕は胸いっぱいに吸い込む。

手伝いに集まった町の住人たちは、小作人たちの指示に従ってすでに収穫をはじめていた。さすが毎年のことだけあって、手慣れた様子でどんどん摘み採っていく。

一方、僕と数人いた収穫初心者は、最初にヌーヌおばさんからコツなどを教わった。

「今日から数日かけて収穫するのは、黒葡萄品種『ジョリ・エイミー』だよっ! 特徴はなんと言っても、この粒の大きささっ」

ヌーヌおばさんはそう言うと、手近な葡萄を一つ鋏で切り落とす。

「まっ、御託はおいといて、まずは味を知らないとねっ。さあ、食べてみなっ!」

僕たちはヌーヌおばさんに勧められるがまま、葡萄の実を捥《も》いで食べてみる。

ぷつんと薄い皮を奥歯で突き破ると、たっぷりの果汁が口いっぱいに溢れた。

「もぐ……甘くて、ちょっと酸味もあって、美味しい！」

「そうだろう？　葡萄は甘くなきゃいけないが、甘すぎてもいけなくてね。酸味とのバランスがちょうど良い葡萄が、良いワインになるんだよっ」

ヌーヌおばさんは自慢の葡萄を褒められたから、腰に両手をあてて鼻高々だ。

（……それは良いとして、この口の中の種はどうしたら良いんだろう？）

僕がぺっと吐き出して良いものかどうか悩んでいると、ほかの人たちは平然と噛み砕いていた。カリカリッと良い音が響く。

抵抗を感じつつ、僕も思い切って種を噛んでみる。渋くてまずいという予想に反して、意外にも美味しかった。

（え！　ナッツみたいで、全然種まで食べられる！）

樹から採ったばかりの、新鮮で甘くて丸ごと美味しい葡萄だ。その味を知ってしまった僕は、無意識に一つ二つと葡萄の果実を口に運ぶ。

「あっはっはっ！　ルイはうちの葡萄を気に入ってくれたみたいだねっ！　種まで熟した葡萄は美味いだろう？　良いワインは、良い葡萄から。食べて美味しい葡萄じゃなきゃ、飲んで美味しいワインにはならないのさっ」

「良いワインは、良い葡萄から……」

その逆は、確かにあり得ない。考えてみれば当たり前のことだけれど、葡萄の良し悪しがワインの出来を左右するのだ。

「さあ、今はまだ涼しいけれど、日が高くなるにつれて暑くなってくるからねっ。倒れないように葡萄をたんと食べて、水分補給しながらやっとくれっ」

「「「はいっ」」」

（収穫しながら葡萄をいくらでも食べて良いなんて、太っ腹～）

特産のワインになる葡萄なので、自由に食べてはだめだと思っていた。思わぬ役得に、ほくほくな気分だ。

「それと、収穫は昼までだよっ！　あったかい葡萄はすぐに酸っぱくなって、傷んじまうからねっ。昼までキリキリ働けば、ご褒美に美味しいごはんにありつけるよっ。楽しみにしてておくれっ」

「「「やった！」」」

美味しいごはんを思えば、やる気が出る。僕たちはつい拳を握って、歓声を上げてしまった。

気がつけば、朝日が地平線をほんのりと染めはじめている。

周囲を見ると、みんな葡萄をつまみ食いしながら、せっせと手を動かしていた。その顔は、僕には美味しさと豊かな実りへの嬉しさで、光り輝いているように見えたのだ。

さあ、僕も収穫だ！

僕は左手のひらでしっかりと葡萄の房を包み込み、右手に握った鋏で房の根本を断ち切る。

ずしり。

「わっ、重っ」

樹から切り離された葡萄は、左手に受け止めた瞬間、反動で沈み込んでしまうくらいの重さだった。うっかり気を抜くと、地面に落としかねない。

「ルイ。そうしたら、軸をできる限り短く切るのよ」

「わかったよ、アネット」

収穫のペアで教師役になったアネットの言うとおり、僕は緑の軸を短く刈る。

鋏とは言え刃物を握っているのだから、注意しないと。わかっているけれど、左隣のアネットが気になってしまって、僕はいまいち集中力に欠けていた。

（さっきから、なんだかやけに近いような……。それに、ことあるごとに腕や背中を触ってくるし……）

今世では、同世代の女の子との接点なんてほとんどなかった僕だ。アネットにどう接したら良いのか、困ってしまった。

助けを求めるかのように周囲を見渡す。少し遠くにいたヌーヌおばさんと目が合ったけれど、ぱっちーんと特大のウィンクを送られてしまった。

（うへえ。ヌーヌおばさんに助けを求めたのが間違いだった……）

元々、この収穫ペアを決めたのだって、ヌーヌおばさんなのだ。

慣れていない初心者は小作人と組んで、四人一組で一列の垣根を担当する。裏表二人ずつに分かれて、葡萄を手摘みしていくのだ。

それ自体は良い。

房同士が絡まったり、一方からだと手が届かないこともある。そもそも慣れない初心者が、一列丸っと担当するには量が多く、分担するくらいがちょうど良いのだ。だけど……。

（なんでわざわざアネットを指名してまで、僕に……。ヌーヌおばさんってば、揶揄《からか》ってるのかな？）

僕はひっそりとため息を吐く。

「今年の葡萄は上出来なの。なーんにもしなくても、籠に入れちゃえるのよ」

「ふーん。ふつうは何かするの？」

「出来の悪い粒を、取り除かないといけないの」

アネットは言葉の通り、葡萄を採ったらそのまますぐにバケツ型の手籠に入れている。

僕はてっきりそれが当たり前というか正しいのかと思っていたけれど、違うのだろうか。

「へ～。たとえばどんなの？」

「かびが生えてたり、色づきが悪い粒はとらないといけないの。あとは、お水をたくさん吸って割れちゃった粒とか、乾いて石みたいになっちゃった粒もなのよ」

「たとえばこれとか？」

日当たりの関係か、今切った房は「色がちょっと薄いな」と思う粒がいくつかあったのだ。僕はそれをアネットに見せる。

「そうそう、そういうのなの！」

「じゃあ、これは取り除いて良いんだね？」

「う〜ん。あのね、迷ったら、まずは食べてみるの」

「え、食べるの？」

まさかの回答に、僕は困惑して聞き返す。

「そうなの。食べて美味しかったら籠に入れて、酸っぱかったり渋かったりしたら、鋏の先っちょでぴって取ってあげるのよ」

「なるほど」

つまり、自分の舌で判断するのか。僕は緑がかった薄い紫の粒を摘んで、前歯で少し噛んでみる。

「うっ。すっぱ！　渋っ！　うぇえ、美味しくない……」

「んふふ！　ルイってば、すごい顔！」

アネットは口元を手で隠して、鈴を転がすように笑う。アネットが笑うと、その場がパッと明るくなるようだった。

僕は口直しに、甘そうな粒をぽいっと口に放り込む。そして、出来の悪い粒を綺麗に房から取り除くと、手籠に入れた。

それからは、黙々と葡萄を収穫する。切る、点検する、除く、籠に入れる。一つ一つの動作はシンプルだから、繰り返すうちについ職人的に没頭してしまった。

それほど大きくはない手籠なのに、満杯になると結構重い。持ち手が肘に食い込む。

僕はいっぱいになった手籠を、集荷に回ってきた男衆の背負い籠に移し替えた。そうすると、さらに大きな木箱があるところにまで、男衆が運んでくれるのだ。

「あっ！」

「？　アネット、どうしたの？」

「んふふ。良いものを見つけたの」

「良いもの？」

アネットが「良いもの」を指で摘んで見せてくれる。しわしわの果実だ。

「？　干し葡萄？」

「そうなの！　房についたまま、干し葡萄になっちゃった粒なのよ。とーっても美味しいの！」

「⁉」

（何それ、美味しそう……！）

よくよく房は確認していたつもりだけど、僕は一つも見つけられなかった。

「あのね。これは本当は籠に入れても良いんだけどね。見つけたらみんな、食べちゃうのよ。だから、これはルイにあげる！　あ～ん」

「えええ⁉」

僕はのけぞって、一歩二歩、後ろに後ずさる。なのに、アネットはその分、距離を詰めてきた。

自分の顔が引き攣っていることがわかる。

「えっと、その、僕は自分で見つけるから、それはアネットが食べたら良いよ」

「恥ずかしがらなくても良いのよ？」

「いや、ほんと」

（勘弁して）

アネットはぷくっと片方のほっぺを膨らませて、不満そうに拗ねた。仕草がいちいちあざとく感じるのは、僕の気のせいだろうか。

なんとかアネットを振り切って、収穫に没頭する。垣根は残り半分ほど。

目を皿のようにして探した……もとい点検したので、僕も干し葡萄を数粒見つけられた。

摘むと少し弾力のある、美味しそうな干し葡萄だ。小さな一粒を口に放り込む。

（うっわー！　美味しい！）

僕は思わず目を見開いた。

歯応えはねっとり。生の果実と比べると、水分が飛んだ分、ぎゅっと甘みが凝縮されている。ほんのりビターなキャラメルのような甘さだ。

でも、ただ甘いだけではなく、柔らかくまろやかな酸味も感じる。複雑な滋味溢れる味わいだ。

（これは見つけたらみんな食べちゃう訳だよ……）

摘んだ葡萄を干したのとは、はっきり違うとわかる。きっと、房に実ったまま、畑の太陽と乾いた風に晒されてできた干し葡萄だからだ。格が違う。

（絶対、リュカが気に入る味だ）

この干し葡萄を食べたリュカは、どんな笑顔を見せてくれるだろうか。

そう思うと、僕は残りの干し葡萄をいそいそと収納《ストレージ》にしまうのだった。

予定していた区画の収穫は、昼前に終わった。やっぱり、百人単位で一斉に収穫すると早い。

葡萄畑の数箇所には、葡萄が摺り切りまで入った木箱や籠が山のように積まれていた。

「おめーら！　しばらくは長丁場だ。これを運んで飯食ったあとは、さっそく葡萄を搾りはじめるぞ！」

「「「おう！」」」

醸造所の職人たちへ、レオンさんの檄が飛ぶ。

彼らは木箱に浮遊《フロート》の魔法を掛け、馬が曳く台車に乗せて醸造所へと運んでいくようだ。

その様子を尻目に、僕たちは葡萄畑の斜面を下りる。

（お腹空いた～）

僕は背中にくっつきそうなお腹を、手で抑えた。

葡萄をつまみ食いしながらとは言え、数時間の収穫作業ですっかりお腹はぺこぺこだ。

祭壇があった葡萄畑の麓は、朝とは打って変わって賑やかなバーベキュー会場に様変わりしていた。

木のテーブルや椅子のほかには、丸太を縄で結ってできた三脚に横木を渡し、鍋を吊り下げた即席の焼き場がいくつも出来ている。焚き火からもくもくと上がる白い煙が目に入って、少し染みた。

「……にぃにー！　にぃにー！」

タイミング良く、リュカも戻ってきていたらしい。おばあちゃんの侍女に手を引かれたリュカが、遠くから僕を見つけて叫んだ。元気一杯、お腹から声が出ている。

（リュカってば、いつの間にあんな大声を出せるようになったんだろう？）

驚きつつ、僕はリュカに手を振る。すると、リュカは侍女と繋いでいた手を振り解いて、僕の方へ駆け出した。

少し前までは、まだ『よちよち』という表現が正しい走り方……というより、早歩きだったのに、今はしっかりと走れている。

毎日よく食べ、よく遊び、よく寝ているおかげで、体幹が出来てきたからだろう。

リュカの後ろから、メロディアも追いかけてきているのが見えた。短い四肢で地面を蹴り、飛び跳ねるような走り方だ。

「にぃに！」

「ククク！」

僕は腰を下ろし、両手を広げて待ち構える。そして、胸に飛び込んできたリュカを、しっかりと抱き上げた。

メロディアも服を伝って、ちゃっかり僕の肩に乗っている。

（リュカも、重たくなったなあ……）

生きている、幸せの重みだ。

僕が頬ずりすると、リュカは「きゃあ～！」と弾けるように笑う。少しだけ汗の匂いがした。

そのままリュカと手を繋いで、僕は料理を見て回る。

テーブルには山盛りのバゲット・マッシュポテト・ホールチーズ・ミルクやワインなどのポッ

ト・葡萄ジャム・採れたての葡萄が所狭しと用意されていた。

ただ、メインの料理やスープ類は自分で選んで、よそってもらう形式みたいだ。

「リュカは何が食べたい？」

「んっとね～、おにきゅ！」

「ククク！」

「お肉ね」

リュカでも食べられる肉料理を探すと、ボロネーゼのような煮込み料理を見つけた。けっこう人気みたいで、列の最後尾に僕たちも並ぶ。回転は早いので、それほど待たずに順番が来た。

「おばちゃん、一つちょうだい」

「はいよ～」

注文すると、おばちゃんはペンネよりも太い筒状のショートパスタをよそい、ごろごろ肉たっぷりのソースをかけてくれた。

「「ぐううぅぅ」」

そのあまりにも美味しそうな見た目に、僕とリュカのお腹が大きく鳴る。

「あう……。にぃに、りゅー、おにゃかしゅいた～」

「あっはっはっ。腕の良い猟師が捌いた鹿を、よ～く煮込んだ自慢の料理だよ。ほっぺが落ちるほど美味しいからね。た～んとお食べ」

「鹿⁉」

お皿を受け取りつつ、思ってもみなかったお肉の正体に僕は驚く。

「そうだよ～。なんでも葡萄が荒らされたんだってね。猟師が仕掛けた罠に、こ～んなにでっかい牡鹿がかかっとったそうだよ」

「えええ！」

つい先日、葡萄畑を荒らした犯人……かどうかはわからないけれど、猟師のおじさんは成果をあげていたようだ。

「ほかにも、野ウサギがかなり獲れたからって持ってきてくれてね～。あっちに丸焼きがあるよ」

「丸焼き⁉」

僕はぎょっとしてしまった。

（葡萄を食べにきた動物たちを捕まえて、逆に食べちゃうとか……。ヴァレーの人たちってたくましい……）

ヴァレーに限らず、田舎の村や町では当たり前のことかもしれないけれど。

まさに弱肉強食。強《したた》かに、厳しくも豊かな自然を生き抜く姿は、素直にすごいと思う。

僕は迷いながらも、おばちゃんに教えてもらった焼き場で、野ウサギの丸焼き肉を一皿分よそってもらった。

丸裸の野ウサギが何匹も吊るされ、熾火で焼かれる姿はなかなか衝撃的だ。けれど、切り分けられてしまえば美味しそうに見える。

テーブルに戻ると、ちょうど二席空いていたところに座った。

小作人や収穫を手伝った人たちは、真昼間から浴びるようにワインを飲んでいる。

さらには、美味しい料理でたらふく腹を満たし……結果、机に突っ伏したり、木陰で船を漕いでいる人も少なくない。

すっかりダラけている大人たちを横目に、僕は収納《ストレージ》にしまっていた料理を並べると、足元のメロディアに葡萄を手渡した。

(おじいちゃんとおばあちゃんは……っと。うーん。まだ忙しいみたいだな。先に食べちゃおう)

料理に釘づけのリュカをこれ以上待たせるのも可哀想なので、先に僕たちだけでいただくことにした。

「それじゃあ、リュカ、食べよっか。お手々を合わせて、いただきます」

「いたっきまっちゅ！」

まずは一番気になっている、鹿肉ボロネーゼからだ。

ショートパスタとソースをよく混ぜ、半分ほど取り分けた別皿をリュカの前に置く。すると、リュカはフォークをショートパスタの筒に引っ掛けて、器用に食べはじめた。

「そのお肉、鹿さんなんだって。美味しい？」

「ちかしゃん、おいっちーっ！」

多分よくわかっていないリュカは、ご機嫌な様子でもりもり食べている。

僕もソースをたっぷり纏わせたショートパスタをフォークにのせ、こっそり匂いを嗅ぐ。

(なんとなく鹿肉は臭うってイメージがあるけど、全然感じられないなあ)

見た目もほぼ牛肉と変わらない。僕は思い切って、フォークを口に運んだ。

（！　美味しい！）

もっちりと弾力のあるショートパスタに、トマトベースのボロネーゼがよく絡む。ごろごろの鹿肉は、噛むと繊維がほろほろっと崩れた。

（後味にほんのり血みたいな独特の香りがするけど、香味野菜とハーブが効いてて、あんまり気にならないかも。お肉を食べてる！　って感じがする）

何より、空腹は最大の調味料だ。想像以上の美味しさに、僕もリュカも夢中でがっついてしまった。一皿なんてぺろりだ。

お次は、野ウサギの丸焼き肉を食べてみる。まずは、一切れ味見だ。

（おお！　野ウサギって、こんなに美味しいんだ。知らなかった。食感は鶏肉に近いけど、ぷりぷりしてて、お肉の旨みが濃い！）

味つけはシンプルに塩のみだ。このままでも十分美味しいけれど、基本は淡白な肉質なのでアレンジ次第でもっと美味しくなるはず。

そう考えた僕は、おもむろに収納《ストレージ》から柔らかい丸パンをこっそり取り出すと、ナイフで真っ二つにスライスした。

そこに、マッシュポテト・野ウサギ肉のかけら・黒葡萄ジャムを挟む。言うなれば、野ウサギハンバーガーだ。

「リュカ。はい、どうぞ」

「にぃに、ありあと！」

「どういたしまして」

リュカは小さな両手でハンバーガーを掴むと、「あーむ」と豪快にかぶりついた！

「おいっち！」

青い瞳がきらきら輝いている。口の端にジャムとマッシュポテトをつけながら、どんどん食べ進めている様子を見るに、どうやら気に入ってくれたようだ。

僕もハンバーガーに齧りつく。

（うん。やっぱり、合うと思った）

野ウサギ肉の塩気と黒葡萄ジャムの自然な甘さを、滑らかなマッシュポテトが上手にまとめてくれている。絶妙に甘じょっぱくて、美味しい！

具材にチーズを入れてみたり、黒葡萄ジャムを白葡萄ジャムに変えても美味しかった。

「おにきゅ、しゃいこー！」

「美味しかったね」

もうだいぶお腹いっぱいだけど、デザートは別腹だ。今朝採れたばかりの黒葡萄を、ゆっくり味わう。何度食べても美味しい。

「りゅー、ぶどー、だいしゅき！」

「よく噛んで食べるんだよ？　じゃないと、喉に詰まっちゃうからね？」

「あいっ！」

半分に割いて種を取った葡萄を、リュカは頬張る。

あまりにもジューシーな葡萄に、小さなお口の端から果汁がぽたぽたと滴った。ほっぺをハムスターみたいにまんまるに膨らませて、一生懸命食べる姿はかわいい。

（あ。そういえば、干し葡萄もあったんだ）

リュカにあげようと、収穫の時にとっておいた干し葡萄を僕は収納《ストレージ》から取り出した。二十粒ほどと、量は少ない。

「リュカ、あ～ん」

「あ～～～」

リュカが葡萄をしっかり飲み込んだのを見計らって、僕は干し葡萄を一粒口に入れてあげる。

「!! ん～～～、おいちっ！」

リュカは大絶賛だ。

目の色を変えて、もう一粒……どころか数粒を一気に鷲掴みして、すごい顔で食べている。自分の拳まで口に入れそうな勢いだ。自分で食べてしまわずに、とっておいた甲斐がある。

「ククー！」

そんなリュカを見たメロディアが、テーブルの上に立ってうるうるお目々で僕を見た。

リュカと違って僕はメロディアの言葉はわからないけど、さすがにこれは何て言っているのか予想がつく。

「……ちょっとだけだよ」

三粒ほどメロディアに渡すと、一粒を両手に持ってカリカリと歯で齧りはじめた。残る二粒は、座った自分の毛皮の下に大事に隠している。

明るい栗色の毛皮に果汁がついて、ところどころ紫の斑点模様だ。

(なんとも、まあ……。食いしん坊なことで)

ペットは飼い主に似ると言うけれど、この様子を見るに納得してしまいそうだ。

僕は食欲旺盛なリュカとメロディアを、呆れ半分、面白さ半分で眺めていた。

葡萄樹喰い

「にぃに〜。ぶどー、おしゃんぽ、め〜?」

かわいい弟に、もじもじと上目遣いでおねだりされたら断れない。

僕は二つ返事で、腹ごなしがてら葡萄畑を少し散歩することにした。と、そこに人垣からやっと抜けられたおじいちゃんが、歩み寄ってくる。

「ルイ、リュカ。待ちなさい。私も行こう」

リュカを真ん中にして手を繋ぎ、おじいちゃんと連れ立って歩く。

まだ収穫前の南向き斜面は午前とは違って、葡萄とワインが混ざったような濃厚な香りがぷんと漂っていた。

「にぃに、ぶどー、あっちゃー！」

「クククー！」

葡萄の房は、ちょうどリュカの目線あたりに生っている。

リュカは枝葉をかき分けて葡萄を見つけると、ほっぺを真っ赤にして喜んだ。きっと宝探しの気分なのだろう。

「一つ二つなら、採っても問題ない。二人で味見すれば良い」

「おじいちゃんがそう言うなら……」

躊躇いつつも、僕は鋏を手に持つ。

「リュカ、おじいちゃんが葡萄を採っても良いって。どれにする？」

「うんちょねー、こりぇ！」

「じゃあ、両手でしっかり持っててね」

「あい！」

リュカが選んだのは、子どもの顔以上に大きな葡萄だった。リュカがどれだけ食いしん坊かが、よくわかる。

あまりの大きさに、小さな両手ではぽろりと地面に落とすのが目に見えていた。なので、僕も左手で葡萄の房を支えつつ、根本を切り落とす。

「ぶどー、とっちゃー！」

「クックー！」

リュカとメロディアの歓声が、葡萄畑に大きく響いた。房に顔を近づけて、くんくんと匂いを嗅いでいる。リュカの口の端から、よだれが垂れた。

「あま～い、におい！　あ～ん」

リュカはそのまま、手に持った葡萄の房に齧りついた。なんとも豪快な食べ方に、僕もおじいちゃんも声をあげて笑ってしまう。

「ぶどー、おいちっ！」

リュカはもぎたて葡萄のあまりの美味しさに、ほっぺに手を当てて顔を綻ばせた。

さっきも食べたのに、まだお腹に入るなんて。一体、リュカのお腹はどうなっているのだろうか。

食べ過ぎやしないかと心配になる。本当に不思議だ。

「ククク～」

「めろちゃんも、どっじょ～」

リュカは肩に乗るメロディアにも、葡萄を分けてあげる。仲良く食べる姿は微笑ましい。

「クックッ」

「チュー」

「ぷーぷー」

「う？　めろちゃん、たくしゃん？」

メロディアとは明らかに違う鳴き声がすると思ったら、いつの間にかリュカの足元にミンクリス・ネズミ・野ウサギが数匹集まっていた。

リュカがメロディアに葡萄をあげているのを見て、自分ももらえる……と思ったのかは定かではないけれど、小動物たちの熱い視線はリュカが持つ葡萄に注がれている。

「ぶどー、ちょーだい？　たべちゃい？」

「リュカ。この子たちが、そう言ってるの？」

「あいっ」

僕たちに背を向けて、反対の畝の葡萄を味見していたおじいちゃんも、異変を察知したらしい。

「こらこら。こやつらには、葡萄を食べられてしまって難儀しているのだ。あげてはならん」

「そうだよね……」

「う？」

畑で人間が野生の小動物に葡萄をあげる、つまり餌付けするのは、どう考えてもダメだろう。ここにくれば餌がもらえると、覚えられてしまう恐れがある。迂闊だった。

「リュカ、だめって言える？　葡萄はあげられないし、食べちゃだめだよーって」

まだリュカは三歳なのだ。幼児に動物たちとの意思疎通を頼むのは、難易度が高い。

それでも、動物たちの声がわかる者は、今ここにはリュカしかいないのだ。

「ぶどー、め～よっ」

リュカがそう言っても、小動物たちは盛んに鳴き声をあげて、おしゃべりしているようだ。いや、何かを訴えているのか？

「にぃに、あのね。むちしゃん」

「ぐっと眉間に皺が寄った。」

「……何？　虫だと？」

何がどうなって虫になるのか、僕は首を傾げる。おじいちゃんの眉間には、ぐっと皺が寄った。

「しょー！　むちしゃん、いりゅ。ぶどー、ちょーだい」

僕には、リュカが何を伝えたいのかわからなかった。けれど、おじいちゃんは何か心当たりがあるみたいだ。

「ふむ……。リュカ、虫がどこにいるか聞けるか？　場合によっては、葡萄をやっても良い」

「う？　むちしゃん、どこー？」

そうリュカが聞いた途端、動物たちがさっと駆け出した。僕たちは半信半疑で、その後を追う。今いる垣根から数列上。斜面を少し登った先の垣根に分け入ると、小動物たちはある樹のそばでぴたっと立ち止まったのだ。

「この樹に虫がいるということか？」

おじいちゃんはしゃがみ込んで、小動物たちが止まった葡萄の樹を丹念に調べる。根本、房の一つ一つ、枝葉の裏も丹念に。

そして、何かを見つけたのか動きを止めると、低い声で絞り出した。

「葡萄樹喰いだ……」

「葡萄樹喰い？」

おじいちゃんに手招きをされたので、僕も近くに寄る。

「根本のここと、この葉の裏側にあるのがわかるか」

おじいちゃんが指差した箇所をよく見ると、小さな黄緑のぶつぶつがびっしりとついていた。

（ひえぇえ、何これ……！）

草や葉の色に同化していて、言われなければ気がつけない。でも、気づいてしまえばゾッとするような気持ち悪さで、僕は腕から足まで全身に鳥肌が立った。

「か、鑑定」

【名前】葡萄樹喰い（卵）
【状態】良
【説明】葡萄の樹に寄生し、根や葉を食害する虫。寄生された樹は衰弱し、枯死する恐れがある。

「葡萄樹喰いの卵……！」

「やはり、か」

「この虫って……」

「私が若い頃にも、一度流行った虫だ。その時は対処が遅れて、だいぶ葡萄の樹を荒らされてしまった」

（前にヌーヌおばさんが言っていた……！　親の代に小さな害虫が流行って、樹が全滅したところもあるって）

僕は自分の顔から、さあーっと血の気が引く気がした。

「そんな虫がまた流行したら……！」

「そうだ。大変なことになる。だが、今見つけられたのは幸いだった」

「どういう意味……？」

厳しい表情ではあるけれど、落ちつき払ったおじいちゃんを僕は見つめる。

「この虫の厄介なところは、地中深くの根に寄生することなのだ。一度根に寄生されてしまうと、いくら地上で駆虫薬を撒いたところで効果がない。しかも、外見からはどんなスキルをもってしても発見が難しく、樹が枯れはじめてようやっとわかるのだ」

「そうなんだ……」

「だが、産卵したばかりということは、まだ親は地上におるはず。ならば今、駆虫薬を撒けば問題ない。さらに、すでに寄生されている樹は惜しいが根を抜き、卵を産みつけられた葉や枝も燃やす。それで収束できるはずだ」

なんてことないように言っているけれど、大切に育ててきた葡萄の根を抜くのは、並大抵の覚悟がなければできない判断だろう。

「もし、このまま見逃して冬を迎えてしまっていたら、雪で発見が困難になっていた。そうすれば、越冬した卵が春に孵化して、手がつけられない状態になっていたやもしれん」

「不幸中の幸いなのはわかるけど……。これまで大丈夫だったのに、なんで今だったんだろう？」

「今だから、かもしれん」

「え？」

おじいちゃんは立ち上がって、手や衣服の土埃を払う。

「駆虫薬はヴァレー苦木の樹皮を煎じた液を使う。人の害になる物ではないが、その名のとおり強烈な苦さであるし、収穫前の葡萄に水は厳禁だ。葡萄の味がぼけたり、風味が変わってしまうからな」

（ああ、そういえば。いつだったか、農薬らしき褐色の薬液を撒いているのを見た覚えが……）

「なるほど……。タイミングが悪かったんだね」

「こればかりは仕方がないな。完全に駆除できれば良いが、ごく小さな虫なればそれも難しい。大切なのは繁殖させず、被害を広げないことだ」

おじいちゃんは、近くの小作人に責任者のヌーヌおばさんとレミーを呼んでくるように頼む。

そうして、リュカの頭を優しく撫でた。

「リュカ、お手柄だった。おかげで厄介な虫を早く見つけることができた。まさか調教《テイム》でこんなことができるとは思わなんだ。約束通り、こやつらには褒美として葡萄をあげよう」

「えへへ～。りゅー、いーっこ！」

リュカは何で褒められているのか、きっと理解していない。けれど、嬉しそうに、にぱあっと笑っていた。

「それにしても、なぜこやつらは、この樹に葡萄樹喰いがいるとわかったのだろうな」

「う？」

「……幼子に聞いてもわからぬか。まあ、ちょうどレミーに調教《テイム》スキルを持つものを集めさせている。そやつらから聞くことにしよう」

「？　何で調教《テイム》スキル持ちを集めていたの？」

予見していたかのような、数手先を見越したおじいちゃんの対応が、僕は不思議だった。

「ああ。二人はメロディアに芸を仕込んでいただろう。あれを見て、これだけの調教ができるのであれば、葡萄の食害を減らせるのではないかと考えておったのだ」

「ああ！　確かに……！」

現に、メロディアは勝手に畑の葡萄を食べることはしない。ほしいとねだりはするけれど、逆にいえばそれだけの分別があり、意思疎通できるのだ。

「私とて、多少なりとも減らせれば良い、くらいの期待だったのだがな。葡萄樹喰いは、いくら手立てがあっても対処が遅れれば意味がない。一度被害が広がってしまえば、人間はただただ無力だ。調教《テイム》で防除ができるなら、その価値は計り知れん」

遠くから、ヌーヌおばさんたち小作人やレミーがやってくるのが見えた。

おじいちゃんは、孫を可愛がる柔和な顔から、眼差し厳しい経営者の顔に変わっていく。

「二度と、あの禍《わざわ》いを繰り返しはせん」

そう言い切ったおじいちゃんを、僕は素直に格好良いと思った。

その日の午後から、葡萄樹喰いの駆除が始まった。

早朝からお昼までは収穫、午後は駆除と並行して進める。総指揮はおじいちゃんが取った。

「ここで防がねば、被害はヴァレーに留まらず国内外に広がるやもせん。そう、数十年前のように……。子や孫たちの未来のために、どうかみなの力を貸してくれ」

そう訴えたおじいちゃんに、手伝いに集まった多くの人たちがしっかりと頷いていた。

駆除は完全に人力だ。

まず、一番はじめに卵を見つけた葡萄の樹を中心に、一本一本念入りに点検をしていく。卵を見つけたら、目印に旗と木製のタグを括りつけた。そして、根本の卵はこそぎ落とし、葉や枝は切り取って野焼きにくべる。すでに寄生されていた樹は、根元から抜いて同じく焼却だ。

最後に、駆虫薬をしっかりと撒く。

あとは目印はそのまま残し、春まで経過をしっかりと監視する。

(簡単な作業でも、塵も積もればなんとやら、だ……。終わりの見えない作業は、体力も根気も消耗するし……)

収穫も醸造もあるなかでの駆除作業だ。疲れも溜まっている。

それでも、手を抜いたり、怠ったりしてはいけない。みんなの表情は真剣だった。

そんな状況のなか、朗報だったのが調教《テイム》スキルの存在だ。

やはり小型の小動物は、葡萄樹喰いの匂いを嗅ぎ分けられるらしい。途中から調教《テイム》スキル持ちが数人作業に加わると、効率が格段に上がった。

(前世で豚はトリュフを探すことができるって聞いたことがあるけど、同じようなことなのかな?)

作業にはもちろん僕も参加した。

将来、僕の代で葡萄樹喰いが出ない保証はないのだ。他人事ではない。おじいちゃんの背中を見て、引き継がなければ。

（それに、今は対処療法しかできないけれど、根本から何とかできないのか……）

曲がりなりにも、僕は植物学者であるテオドアさまから教わったのだ。できる限り手を尽くしたい。

そう思って考えついたのが、分布図と統計を取ることだった。

羊皮紙に、ざっくり葡萄畑の地図を書き込む。

区画は四角や長方形にくっきり分割されているので、書きやすい。垣根は横線を引いてストライプ模様に。葡萄樹喰いを発見した場所には、即席の判子を押した。

そのほかにも、被害にあった樹の品種や卵の数など、取れる情報はすべて木板に書き留める。

ついでに、土・実・葉・枝・根、それと生理的には嫌だけど卵も、サンプルを複数取った。壺に入れて、すべて収納《ストレージ》の奥底に仕舞う。これらの取り扱いは、十分注意しないといけない。

（僕、計算と収納《ストレージ》のスキルを持っていて、本当に良かった……！）

小作人たちには「この子、何しているの？」と奇異の目で見られることもあったけれど、地味に地道に情報を集めて、まとめる。そのなかで、僕はあることに気がついた。

数字で見ると、どの品種も満遍なく被害にあっている。ただ、唯一ある特定の品種だけは、ほとんど被害にあっていなかったのだ。

（偶然の可能性もあるけれど……。もしかしたら、これが葡萄喰い撲滅の糸口になるかもしれない！）

このことはもちろん、おじいちゃんやレミーに伝えた。

駆除作業が終わったあと、邸の執務室で二人にまとめた資料を見てもらう。

「こうも根拠のある数字を見せられれば、無視する訳にはいかなんだ。だが……。それこそ、これは国が研究するようなことに私は見える。どうしたものか」

「同感です。ですが、国がどう出るかはわかりません」

おじいちゃんもレミーも腕を組み、眉を寄せて考え込む。さすがに、判断を迷っているようだ。

（これ以上は専門的な話だから、迷うのも無理ないよなあ。気軽に相談に乗ってくれて、かつ知識豊富で研究も厭《いと》わない人がそうそういるとも思えないし……。いや、待てよ？）

そこで僕は、自分がぴったりの人物と面識があることに、ふと思い至った。むしろ、あの方以外には考えられないのでは？

「あの……。セージビルの教会図書館長で、植物学者のテオドア・フィールドさまに一度相談してみるのはどうかな？　テオドアさま自身は無理でも、誰か専門家を紹介してもらうとか」

「ふむ。そうか、ルイはテオドア様と既知だったな。……良いだろう。これもきっと神々の巡り合わせだ。レミー、テオドア様に使者を送るぞ。念の為、国にも報告を」

「はい」

「ええっと、僕も一緒に行った方が良いかな？」

少しでも交渉がしやすくなるなら、と聞いてみる。けれど、少し張り詰めた様子のおじいちゃんに、すぐさま却下されてしまった。

「いや。責任ある大人が赴く姿勢が大事なのだ。テオドア様はそんな方ではないと思うが、子どもを交渉事に伴うなど馬鹿にしているのかと、揚げ足を取られることもある。今は私たち大人に任せなさい」

「確かに……。それなら、僕、手紙を書くから、一緒に届けてもらうくらいはできるかな？　口添えにもならないかもだけど……」

「ああ。それはもちろんだ」

僕がおじいちゃんの目を真っ直ぐ見てそう言うと、おじいちゃんの空気がふっと弛んだ。

僕はおじいちゃんの雰囲気が突然変わった理由がわからず、首を傾げる。

（？　なんだろう）

「いや……。稀有だと思ったのだ。提案を却下されたことを、素直に受け入れる。当たり前のようでいて、難しいことだ。どうしても見栄が邪魔をするからな」

「？？」

「だが、ルイはやってのけた。そのうえ、代わりの提案まで出してみせた。これがもしルイではなく、馬鹿息子だったらと思うと……」

一瞬、おじいちゃんは遠い目をした。

「ヴァレー家は、この地の人々の暮らしを背負っている。安易な決断はできん。厳しいことを言い、非情とも言える判断をせねばならない時もある。それは、たとえ相手が肉親であってもだ」

「それは当然だと思う」

僕は頷く。

おじいちゃんだけではなく、これまでのヴァレー家当主がそうして血の滲むような思いで、この地を守ってきたのだろうことは想像に難くない。

「だが、これだけは覚えていてほしい。意見を言うことは悪いことではない。むしろ良いことではある。だが、賛同できなければ当然私は反対するし、厳しいことも言う。ただ、それは決してルイを否定して傷つけたいからでも、ましてや貶《おとし》めたいからでもないのだと」

「うん……！」

「まったく、ルイといい、リュカといい……。私たちは良き孫に恵まれたな……」

それを言うなら、僕の方こそだ。

（意見に反論されると、自分のことを嫌ってるからだとか、攻撃された！　って勘違いする人、いるもんな……）

おじいちゃんは、年の功かそのことをよくわかっていたのだ。だからこそ、言葉を尽くして話してくれたのだろう。

肉親だから言わなくてもわかるだろう、となあなあにせず、きちんと向き合ってくれたことが僕は嬉しかった。

それだけ、おじいちゃんも僕に気を許してくれたのだと思う。

秋の終わり。葡萄の収穫も終盤に差し掛かった。

耳を澄ますと、橙色の胸が目鮮やかなコマドリの囀りが葡萄畑に響く。目をすがめるほど鋭かった太陽も、柔らかな金色を帯びはじめた。

使者はセージビルへと旅立ち、葡萄樹喰いの駆除も初動が早かったおかげで落ち着きを見せている。

ほっと胸を撫で下ろした……のも束の間、ヴァレーの町は静かな熱気に包まれつつあった。国内外のワイン商人たちが、続々と町にやってきている。

みんなのお目当ては、もうすぐ開催されるヴァレーの一大イベント「ワインの新酒祭り」だ。

(収穫したばかりの葡萄で造ったワインを、一番早く味わえるお祭りかあ。良いなあ……)

想像するだけで、僕は唾を飲んだ。

出来立てほやほや。新酒ならではの新鮮さや爽やかさは、この時期にしか味わえない。しかも、産地でだ。ワイン好きなら楽しみすぎて、ほくほく顔になっても仕方がないだろう。

そんなワイン好きの期待を一身に背負った醸造所は、今まさにワインの仕込みで大忙しだった。

「ルイ。おめえ、生活魔法をすっげえ使えるんだってな？　連日の作業疲れで、急に人手が足りなくなっちまったんだ。手伝え！」

「え、ちょっと、レオンさん⁉」

いつもの通り、葡萄畑の麓で昼食を食べ終えた僕は、突然、後ろからレオンさんにガシッと肩を掴まれる。

そのまま問答無用で引きずられ、醸造所の職人たちの中に放り込まれた。

言われるがまま、綺麗で清潔な半袖短パンに着替えて頭にタオルを巻き、全身に洗浄《クリーン》を掛ける。

「ワインは言っちまえば、葡萄を潰して放っておけば勝手にできる。が、売りもんとなれば別だ。唸るほどどうまいワインを造りてえと思ったら、手間暇を惜しんじゃいけねえ」

なんて、良いこと言った風のレオンさんにこき使われる羽目になってしまった。

ワイン造りは、想像以上に大変だ。

まず、今日収穫したばかりの黒葡萄は、すぐに醸造所一階に運び込まれる。そこで、人海戦術かつ手作業で房から実だけを捥《も》ぐのだ。

「ああっ！　くそっ！　ちまちました作業は俺の性に合わねえ！」

舌の根も乾かぬうちに、レオンさんは絶叫する。ムキムキの巨躯《きょく》を丸めて、不器用な指先で実を摘んでいた。

網目の粗いふるいや熊手のような道具もあるけれど、ここでは畑で除けきれなかった悪い果実を、さらに取り除かないといけない。結局、手作業の方が効率が良かった。

そうして実だけにした葡萄は、すぐ隣の空いている石槽《せきそう》に入れる。これで終わりかと思ったら、違った。

「おらー！　円陣組むぞ！」

「「「「おう！」」」」

「ルイ、おめえはその桶やら何やら全部綺麗にしておけ！」

「ええー……」

僕が理不尽さに絶句している間に、レオンさんを含め、醸造所の職人五人は下着以外すべてを脱ぐ。

そして、洗浄《クリーン》を重ねがけると……何と、石槽のなかに入って、丸く肩を組み出したのだ！

（うわー……。もしかして）

予想通り、五人は石槽に入れた黒葡萄を踏み潰しはじめる。

「潰せ――――！」

「「「「おう！」」」」

ぐちょ、ぐちょと、重たい水音が響いた。

実の量が量なので、潰すだけでも重労働なのだろう。次第に、レオンさんたちの息遣いも荒くなる。

僕は何が悲しくて、むさ苦しいおっさんたちが生足を晒して、葡萄を踏む姿を見なくてはいけないのか。

（は、は……。かわいい女の子たちが歌って踊りながら足踏みする、なんていうのを夢見てたけど……）

現実は残酷だ。とにかく絵面がひどい。

（パンツ一丁のおっさんたちが、足で潰した葡萄で造るワイン……。毛や水む……。いや、考えるのはやめよう……）

ぶるぶると僕は頭を振る。深く考えては駄目だ。

一時間ほどして、やっと潰し作業が終わった。

「ルイ、搾りたて葡萄ジュース、飲むだろ？」

「ううん。お腹いっぱいだから僕はいいや」

レオンさんたちは石槽から直接コップに上澄みの果汁を汲んで、ごくごくと喉を鳴らして飲んでいる。

僕も勧められたけれど、丁重にお断りした。

「おっと、あとはこれを入れねえと」

「レオンさん、それは？」

「白の山脈の神々からの、頂きもんさ」

レオンさんは、神棚に祀っていた壺を手に取る。壺の蓋を開け、しゅわしゅわと音がする謎の濁った液体をすくって石槽に入れた。だいたい柄杓で二杯程度だ。

「確か、入れると腐らなくなるんだっけ？」

「おうよ。しかも、調子良く醸してくれるうえ、風味までぐっと良くなる。神々様様だぜ」

「へえ～」

レオンさんは、足で石槽をよくかき混ぜた。

「うしっ。あとはこのまんましばらく放って、醸す」

「しばらくって、どのくらい？」

「七日から十日くらいだな。毎日、混ぜ込みながら具合を見るんだが、これがまあ、いつも見極めが難しいんだぜ……」

口ではぼやきつつも、石槽にまっすぐ注がれたレオンさんの眼差しは、真剣そのものだ。

（レオンさんも、ワイン造りへの情熱を持ったプロの一人なんだな……）

僕はふと、そんなことを思う。

出会いが出会いだったし、悪ガキが大人になったような人だから、いつもは忘れてしまいがちだけど。

美味しい葡萄はヌーヌおばさんが。そして、美味しいワインはレオンさんが。

お互いがお互いの得意分野で本領を発揮しているからこそ、ヴァレーの美味しいワインはできているのだ。

「まだまだ、やることはたっぷりあるぜ。何日か前に仕込んで、ちょうど醇すのが終わったワインがあるんだ。さっさと絞って、木樽に詰めねえと。ルイも来い。今日はみっちりと手伝ってもらうからな」

「一応、僕まだ成人前の子どもだから……。ほどほどに……」

「な～に言ってるんだ。俺とおめえの仲じゃねえか！」

強引にレオンさんに肩を組まれる。せっかく見直したのに、台無しだ。無茶振りがすぎる。

僕は引き攣った笑みを浮かべつつ、レオンさんに引きずられていった。

栗拾いとワインボトル

葡萄の収穫と並んで、この時期、ヴァレーの人々がひそかに楽しみにしているものが、もう一つある。栗拾いだ。

葡萄畑の端は雑木林になっていて、そこに何本もの栗の木が自生している。ほかの地方では、森や林での採取は禁じられているところもあると聞くけれど、ヴァレーでは認められていた。

秋晴れの日ともなれば、子どもたちがこぞって栗を拾い、新酒祭りの屋台で売ったり、冬越しの食料として備蓄したりしているそうだ。

休日の今日はせっかくの機会なので、フルモアを誘って僕たち兄弟も林へとやってきた。

「おっきい、き～！」

「クク～！」

「いがいが、いっぱい、おちてる！」

十数人ほどの子どもたちの歓声に混じって、リュカ・メロディア・フルモアの声が林に響く。

一番幹の太い、背たかのっぽな栗の木を見上げ、揃ってぽか～んと口を開けていた。

（栗の木って、こんなに大きく育つものなんだ）

僕も、もっと低い木だと思っていた。

鬱蒼と茂った葉の影に、たくさんの緑のイガが隠れている。風が吹くたびにポトッポトッとイガが降ってきて、地味に危ない。でも、そのおかげで地面一面、茶色のイガでいっぱいだった。

「帽子をしっかり被ってるんだぞー。イガの針が頭に刺さると、痛えからな」

見張りの猟師のおじさんが、大きな声を張り上げて言う。

林の浅いところとは言え、ここら一帯には鹿や猪といった野生動物が生息しているのだ。保護者の大人たち以外に、猟師や自警団たちも警戒にあたっていた。

「リュカもフルモアも、イガのとげとげには気をつけてね。手袋は外しちゃだめだよ？」

「あい！」

「うんっ」

リュカもフルモアも良い子のお返事だ。ミンクリスのメロディアは針も何のその、器用に手でイガから栗をかき出すと、ひと足さきにカリカリと食べている。

「めろちゃん、くり、おいち？」

「クク！」

一心不乱に食べるメロディアを見るに、ここの栗は美味しいらしい。僕たちもさっそく栗を拾っていく。

「えっと、イガを足で踏みながら中身の栗をトングで拾う、と」

「るい、こう？」

「うん、フルモア。あってるよ」

イガ一つに対して、栗は大体三つ入っている。どれも艶々ふっくらとした大粒だ。僕は木製のトングで栗を拾うと、リュカに手渡した。

「はい、リュカ。あそこのバケツに……」

「あ～ん」

「あ！　リュカ！　食べちゃだめ！」

栗を受け取ったリュカは、そのまま生でも食べられると思ったらしい。栗に齧りつこうとしたところを、僕は慌てて止めに入った。幼児は思ってもみない行動に出るから、本当に目が離せない。

「や！　りゅーも、くり、たべりゅ！」

リュカはほっぺをぷうと膨らませて、拗ねてみせた。

「メロディアは生でも食べられるけど、僕たちは火を通さないと食べられないんだよ」

「う？」

「そうだな……。たくさん拾ったら、ご褒美にすっごく美味しい焼き栗が食べられるんだって。にぃにのお手伝い、してくれる？」

「うー……。おてちゅだい、しゅるっ」

お手伝いがしたいお年頃のリュカは、不服そうに諦めてくれた。

渋々、服の裾を両手でたぐって、栗をバケツに入れるお手伝いをしてくれる。食べ終わったメロディアも小さな手で栗を持って、せっせと運んでいた。

「るい、このくり、もらえるってほんと？」

「本当だよ」

「いっぱいとっても、おこられない？」

遠慮がちに、フルモアがつぶやいた。

周囲では、子どもたちに交ざって大人も栗拾いを楽しんでいる。むしろ遊び半分の子どもに比べて、大人は本気《ガチ》だ。狩人のごとき目で、一つでも多く、粒の大きな栗を集めようと躍起になっている。

「大人があれだけ必死に集めてるんだから、怒られないよ。でも、持ち帰れる程度にね」

「うん！　おれ、がんばる！」

やけに真剣な表情で頷いたフルモアに、僕は少し引っかかった。

（そんなに栗が好きなのかな？）

僕が首を傾げたその時、地面をごそごそ探っていたリュカが、何かを掲げて叫んだ。

「にぃにー、ふわふわ！」

「おー、鳥の羽だね」

リュカが小さな指に摘んでいたのは、根本が毛羽立った小さな羽だった。

姿は見えないけれど、頭上ではピュイピュイと盛んに鳥たちの囀りが聞こえてくる。きっと羽繕いしたのが地面に落ちたのだろう。

リュカは大切そうに羽を握りしめると、「んしょ、んしょ」とまた地面を探す。もうこうなると、栗拾いどころではない。

「にぃに、くり、あっちゃー！」

「それはどんぐりだよ」

「どんごり？」

栗のほかにも、地面には落ち葉に紛れて様々な木の実が落ちていた。どんぐり、椎の実、松ぼっくり、それに鬼灯《ほおずき》かと思って鑑定してみたら、ソープナッツなんて名前の木の実もあった。

リュカは木の実を見つけるたびに、青い瞳を生き生きと輝かせて喜ぶ。

「たかりゃもの、みっけちゃ！」

「ははは。良かったね、リュカ」

まろやかなほっぺを真っ赤にして、小さな両手からこぼれ落ちそうなほどの宝物を、僕に見せてくれる。幼いリュカの目に、自然豊かなヴァレーはどんな風に映っているのだろうか。

大人になりつつある僕が見えているのに見落としていた、小さなモノたちを拾いあげ、「宝物」と無邪気に笑うリュカが愛おしい。僕にとっては、そんなリュカこそが「宝物」だ。

（このまま、のびのびと育ってくれたら）

そう心の中で願いながら、足元に落ちていたひときわ大きなどんぐりを、僕は拾いあげた。


途中、遊びつつも栗を拾い続けて、二時間ほどが経っただろうか。

バケツ十数杯分もの栗が集まり、抜け殻となったイガの山が周囲にいくつもできている。

「くり、いっぱい、とった！」

僕とリュカがどんぐりなどを拾っている間も、もくもくと一点集中で栗を拾っていたフルモアは、やり切った表情で汗を拭った。バケツには満杯の栗が入っている。

「そろそろ栗を焼くぞー！」

猟師のおじさんの掛け声に、わあっと子どもたちが手を叩いて喜んだ。

大人たちはうず高く積まれたイガの山に、発火《ファイア》で火をつける。もうもうと白い煙が上がり、イガの針の先端が線香花火のように燃えた。

そして針から殻に火が移ると、イガはあっという間に炎に包まれる。五分もすれば真っ黒に焼けて、熾火に変わった。

「イガってこんなに良く燃えるんだ……」

思いがけない自然の着火剤に、僕は目を見張ってつぶやいた。

「子どもたちは少し離れてろよ。栗が破裂して、下手すりゃ火傷しちまうからな」

猟師のおじさんはそう注意喚起をしつつ、収納《ストレージ》から取り出した網を熾火の上にのせる。さらに、採ったばかりの栗の皮にナイフで切れ込みを入れると、次々と網の上に放り投げた。ほかの大人たちも、慣れた手つきでナイフを扱っている。

栗は皮が黒く焼けるにつれて、キューと音が鳴り、切れ込みから大きく裂けた。時折、バチッと栗が爆ぜて水が飛ぶ。その度に、少し離れた僕たちの方にも香ばしい匂いが漂ってきて、ごくりと唾を飲んだ。

「にぃに、くり、おいちしょ」

「くくくー！」

「わあー、おれも、はやく、たべたい！」

隣を見ると、リュカたちもそわそわと焼き上がりを待っている。みんな、目が栗に釘づけだ。

猟師のおじさんは焼けた栗を木の皿に空け、送風《ウィンド》でほどほどに冷ます。この世界の魔法は地味なことが多いけれど、こういう時はやっぱり便利だ。

「よーし、いいぞー」

子どもたちは、一斉に栗に手を伸ばした。

手に取った栗はまだほかほかで、切れ込みに沿って指で割ると、パリパリッと気持ちが良いほど皮が剥ける。渋皮もぺろん、だ。ただ、真っ黒に焼けた皮で、指が炭まみれになった。

ほっくりしたクリーム色の栗を、半分はリュカの口に放り込み、半分は自分の口に入れる。フルモアは自分で皮を剥いて、ほふほふと丸ごと頬張った。

「！　ホックホクで美味しい！」

「ん〜〜〜！」

「おいしい〜！」

思わず、叫んでしまうくらい美味しい。

栗はほんのりとした自然の甘さで、香りがものすごく良いのだ。イガの炭で焼いたからだろうか。

それに、大粒なので食べごたえもある。二時間頑張って小腹が空いていた僕たちには、嬉しいおやつだった。

大人たちも栗を摘みつつ、第二弾・第三弾と焼いてくれる。美味しいものを食べる時、人は静かになるとどこかで聞いた通り、僕たちは栗拾い以上にもくもくと黙って食べてしまった。

「ふう、食べた、食べた」

「おにゃか、いっぱーい」

「おいしかった！　……とうちゃんと、かあちゃんに、はやくもってかえりたい」

一人十粒も食べると、お腹がいっぱいだ。リュカと分けっこしながら水筒の水を飲むと、人心地がついた。

「でも、フルモア。あの量を持って帰れるの？　大丈夫？」

「が、がんばる！」

バケツ満杯の栗は、確実に数キロあるだろう。フルモアは三分の一をなんとか収納《ストレージ》にしまうと、残りをよたよたと運ぶ。

僕は見るにみかねて、収納《ストレージ》にフルモアの栗を仕舞った。幸い魔力にまだ余裕はある。それに、帰りは町まで歩きなのだ。途中でフルモアがへばってしまうのは困る。

「……ありがとう、るい」

「どういたしまして」

欲張った結果、一人で持ち帰れる量を超えてしまったフルモアは、しょんぼりと肩を落とした。そうまでして、栗をたくさん持って帰りたがるフルモアに、僕は違和感を強くする。でも、どう尋ねたら、フルモアを傷つけずに済むだろうか。

「……フルモア、僕で良ければ力になるから。もし何か困ってたら、相談して」

「るい……」

フルモアの黒い瞳がじわっと滲んで、うろうろと泳ぐ。前髪に一房だけ生えている金髪を、しきりと指で弄った。

「だいどーぶ？」

「ククク－ク？」

泣き出しそうなフルモアに、リュカとメロディアも心配そうにしている。フルモアはずっと鼻を啜ると、堰《せき》を切ったように話しはじめた。

「……とうちゃん、まだしごと、すくないって。おれ、よなか、かあちゃんとはなしてるの、きいちゃった」

「そっかあ……」

「かけい？　って、おかねのこと？　きびしいって……。だから、おれ……。えっぐ、ひっぐ」

フルモアは、真珠のような涙をぽろぽろと流して泣く。子どもながらに、きっと色んなことを考えて、我慢していた気持ちが溢れたのだろう。……僕にもよくわかる。

（少しでも、家計の負担が軽くなるように。だから、タダでもらえる栗を、たくさん持って帰りたかったのか）

「いーっこ、いーっこ。よちよち」

「ククー」

珍しく、リュカは自分からフルモアと手を繋いだ。メロディアはフルモアの肩に乗って、尻尾で頬をすりすりしてあげる。それは、僕にもやってほしい。

「仕事かあ。僕も考えてみるよ」

「ぐすん。でも、おれ。もう、るいにいっぱい、たすけてもらった」

フルモアは本当に申し訳なさそうに、肩を落として言う。そんなフルモアだから、僕も助けてあげたいと思うのだ。

（樹液を鋳造して作れるもので、できれば安定して需要があるもの。それにヴァレーのためにもなって、誰からも文句を言われないもの……）

そんな都合が良すぎるもの、あるはずがないと頭では思いつつ、うーんと僕は悩む。

（やっぱり、ワインに関連するものが良いよなあ）

サップ・プランツは前世でいうウツボカズラみたいな植物で、その袋に溜められた樹液は採取すると時間経過で固まる。軽いうえに割れにくく、どこにでも逞しく生える雑草なので、安価なのだ。モーおじさんは、主に窓板・ランプシェード・哺乳器を作っていると言っていた。

（哺乳器を作ったあの時は、容器の素材としてぴったりだと思ったんだよね。ワインで容器といえば……やっぱりワインボトル、かな）

でも、僕が思いつくくらいだから、きっともう誰かが思いついて、なんなら試したこともあるのではないだろうか。

（なのに、広く普及してないってことは、何か理由があるってこと？）

これぱかりは、詳しい誰かに聞いてみないとわからない。僕の脳裏に、一癖も二癖もある怜悧な美貌の教育係が浮かんだ。

（ちょっぴり気は進まないけど、友達のためだ）

あいにく、今日は休みの日だ。明日さっそく相談してみようと、僕は落ち葉の道を踏み締めた。


栗拾いを楽しんだ翌日。いつも通り、午前中は作業に励み、午後から執務に取り掛かる。

ちょうどレミーの手が空いたのを見計らって、僕は声を掛けた。

「それで、相談とは何でしょう？」

レミーがすっと足を組み、細長い指でティーカップの取っ手を摘み上げる。甘くふくよかな薫りの紅茶を嗜む姿は、悔しいほどに洗練されていた。まるで、一幅《いっぷく》の絵画を鑑賞しているようだ。

僕も紅茶で口を湿らせてから、話しはじめる。

「レミーは、サップ・プランツ製のワインボトルが作られていない理由って知ってる？」

「知っております。正しくは作ってはみたものの、性能不足で見送られた、ですね」

「そうなんだ……」

（やっぱり、誰かがもう作ってたか。そう簡単に上手くはいかないな）

それでも、見送られた理由によっては、まだ可能性があるかもしれない。

「その課題が何か、教えてほしいんだ」

「すでに失敗とわかっていることを掘り返すなんて、物好きですね。……まあ、良いでしょう」

片眉を上げたレミーは、不承不承に話してくれた。

ちょうどダミアン商会が哺乳器を売り出した少し後に、噂を聞きつけたヴァレーの商人ギルドが「これはワインボトルに応用できるのでは？」と考えて、試作を行ったらしい。

うまくいけば、売れ筋である低〜中価格帯のワインの容器として使う心積りだったそうだ。けれど、結果は失敗に終わった。

どうも、課題は容器にではなく、蓋にあったのだと言う。

木・皮革・布など、色々な素材を試してみたものの、①きちんと密閉できる・②抜栓しやすい・③ワインを美味しいまま保存できる・④大量に作りやすいといった、全ての要件を兼ね備えた蓋は出来なかったのだそうだ。確かに聞く限りでは、ハードルが高い。

「でも、コルクや蜜蝋があるよね？」

「ええ。ですが、鋳造の利点は手間と価格を抑えて、同じ規格の品を大量に作れることにあります。ワインボトルと同じだけのコルクや蜜蝋は、到底用意できません。できたとしても、どれだけの価格になるか。見合わないのです」

「蜜蝋が高価なのは知ってたけど、コルクも……？」

完全に誤算だ。僕はてっきり、コルクはどの地域でも、ごくふつうに作られているものだと思っていた。

「まさか、コルクが輸入頼みであることを知らなかったのですか？　……いえ、考えてみれば、知らないのも無理はありません。ヴァレーは基本的に樽単位での取引ですから、そう多くコルクを取り寄せている訳でもありませんし」

レミーが言うに、コルクは国外のある地域に自生する特定の木の樹皮からしか、作られていないらしい。しかも、樹皮を剥ぐのは、植えてから最低でも二十五年が経った樹のみ。さらには、一度樹皮を剥いだら、九年もの空白期間をおいて再生を待つという徹底ぶりだ。

あまりにも高価だから、ヴァレーでもコルクはガラス瓶に詰めて十年単位で熟成させるような、高級ワインにしか使っていないそうだ。

はじめて知る情報に、僕は頭を抱える。

「それは、確かに無理だ……」

「ちなみに商人ギルドが試したなかでは、木栓の上から樹液を垂らして固める、という方法が一番惜しかったと聞いています」

「？　問題があるように思えないけど？」

「いえ、大問題です。何せあまりの固さに抜栓ができず、最終的には鋸で口を斬ったそうですから」

想像して、僕は思わず吹き出してしまった。ワインを飲むのに、いちいちそんな苦労はしていられない。

（それにしても、蓋かあ。盲点だったな）

でも、話を聞いた限り、僕はいくつかの案が思い浮かんだ。ただ……。

「もし、本当にサップ・プランツ製のワインボトルが完成したら、需要はあるかな？」

「あります」

気持ちが良いほどの即答だった。

「輸送や小売など、利点を挙げればキリがありませんが……。何より、ヴァレーのワインの美味しさを、広く知らしめることができる。それに勝ることはありません」

僕はレミーの真剣な眼差しや、きっぱりと言い切った言葉の奥に、一瞬静かな炎を見たような気がした。

情を解さない、冷血な仕事人間かと思っていたけれど、そうではなかったらしい。

「さて、私の貴重な時間を使ってここまで聞いたのですから、よもや何も案がない……なんてことはありませんよね？」

「う、うん」

レミーは玉座に腰掛けているかのように、膝で指を組み、ゆったりと背もたれに寄りかかる。不敵な雰囲気に圧を感じながら、僕は口を開いた。

「僕が考えた案は――……」

そうして、僕が全てを話し終えると、顎に手をあてながら熟考していたレミーは言った。

「試してみましょう」

「本当⁉」

「私は冗談を言いません」

レミーがわずかにムッとしたのが、わかった。だんだん、僕もレミーの表情が読めるようになってきた。案外、苦手意識を持たずに接すれば、そう悪い人ではないのだ。それに、何だかんだ言って、有能なことは間違いない。

「なら、最近、サップ・プランツの樹液を専業にする鋳造職人が、ヴァレーに移り住んできたんだ。試作はその人に依頼したいんだけど……」

「なぜルイ様が、そのようなことを知ってるんですか？」

レミーに鋭く突っ込まれで、僕はドキッとした。そもそも、ワインボトルを作ろうと思ったのは、困窮しているフルモア家族を助けたいがためなので、多少のやましさを感じてしまう。

「ええっと……その職人さん、僕の友達のお父さんなんだ」

「はあ……。まったく、友人の父だからと言って、一介の職人に肩入れするなんて。ルイ様は、ヴァレー家の一員なのですよ。贔屓だの癒着だの何だのと、言われかねない立場なのをわかっていますか。だから……」

目を吊り上げたレミーが、くどくどねちねちと重箱の隅をつつく小姑のように、怒涛のお説教を言いはじめた。僕は居住まいを正して、大人しく耳を傾ける。けれど、以前とは違って、胃がきゅっとするような辛さはなかった。

その後、「筋は通すもの」というレミーの助言に従い、職人ギルドから紹介を受ける形で、何とかモーおじさんが雇われている工房に、試作を依頼することが出来た。ぶつくさと文句を言いつつも、レミーが手を尽くしてくれたおかげだ。

見本品の納品は、新酒祭りが終わった後になると聞いている。出来上がりが楽しみだ。

祖父母孝行をしよう

実は、僕は少し前からあることを計画していた。

やるなら、新酒祭り前の今しかない。ということで、僕はこっそり使用人食堂に忍び込んで、執事のセバスチャンと料理長のグルマンドに相談してみる。可能なら、二人には共犯になってもらいたい。

「『ご家族で慰労会をされたい、ですか？（むふっ）』」

「うん。ベタだけど、おじいちゃんとおばあちゃんに僕の手料理を振る舞いたいなって」

葡萄樹喰い騒動で、特におじいちゃんは先頭に立ってみんなを鼓舞し、労ることが多かった。顔には出さないけれど、きっと疲れは澱《おり》のように溜まっているはずだ。

「やっぱり倒れちゃわないか心配で……。二人を元気づけたいんだ」

「それはようございますね。きっと旦那様方も喜ばれます」

「このわたくしめも、微力ながらお手伝いさせていただきますっ！　むふふ」

僕が料理を得意とすることは周知の事実らしく、執事のセバスチャンも料理長のグルマンドも協力を快諾してくれた。こういう、使用人たちの敬意はありつつも堅苦しくないノリは、とてもありがたい。

「それで、ルイさま。メニューは何をお考えなのですかな？　むふっ」

料理長のグルマンドが質問してきた。

その頬はつきたてのお餅みたいに、もっちりつやつやだ。さらに、大きなお腹をたぷたぷと揺らして、見た目から『食べることが大好きです！』という雰囲気が伝わってくる。

「もちろん、いくつか考えているよ。それで、料理長には材料の仕入れや、手伝いをお願いしたいんだ。良いかな？」

「もちろん、お任せください！　むふっ」

胸をどんと叩いて、料理長のグルマンドは請け負ってくれた。

その場で、二人と相談してメニューを決める。最終的に二人の助言も加わって、すごく良いメニュー構成になったと思う。

さて、前段階の根回しはできた。

僕はさっそく自室に戻り、慰労会で使う予定のとっておきを仕込む。

「にぃに、こりぇ、なあに？」

「ククク？」

「ふっふっふ。これはね、美味しいパンの素だよ」

「う？　ぱん？　ぶどー？？」

「ククー？？」

「あはは。そうだよね。まんま葡萄にしか見えないよね」

リュカとメロディアは不思議そうに壺のなかを覗き込み、仲良く首を傾げている。

そう。僕は天然酵母作りに挑戦しているのだ。

メニュー決めついでに料理長のグルマンドに聞いたところ、普段僕たちが食べているパンは小麦粉と水から作った酵母を使っているそうだ。

葡萄から酵母を作るなんて、はじめて聞くことらしい。

（ワインが特産の町だから、むしろ当然のように葡萄酵母だと思ってたのに……。当てが外れちゃった）

仕方がないので、一から作る。

チャンスは一度きり。前世の知識と、これまでに聞き齧ったワイン造りの知識が頼りだ。

まず、綺麗に洗って洗浄《クリーン》をかけた、陶器の壺を二つ用意する。片方には黒葡萄と水、もう片方には白葡萄と水を入れた。ワイン造りと同じように葡萄は洗わず、皮ごと使う。

あとは蓋をして、室内でもリュカの手の届かない場所に放置だ。半日もすると、早くも発酵が始まったのか、表面がぷくぷくと泡立っていた。

（これは、うまくいってるってことなのかな？）

匂いはフルーティーで、腐っているような感じはしない。だから、きっと大丈夫なはず。

「まーじぇ、まーじぇ」

「クーク、クーク」

日に数回、蓋を開けて中身をかき混ぜる。混ぜ担当は、リュカが率先してやってくれた。

そうして、鑑定で確認しながら見守ること、五日目。泡立ちが落ち着いて、液もすっかり濁っていた。

「鑑定」

【名前】葡萄酵母液
【状態】優
【説明】食用可。黒葡萄から培養した天然酵母。パン作りに適している。涼しい場所で保管すれば、数週間は使用可能。

「できてる！　成功だ！」

「やっちゃー！」

「ククー！」

黒葡萄と白葡萄、どちらも無事に酵母になってくれていた。

僕は喜び勇んで、できたばかりの酵母を厨房で仕込み中の料理長のところへと持っていく。

「これでパンを作れるかな？」

「むふん。まずは元種を作ってみなければですねっ。いやはや、どんなパンになるか、わたくしも楽しみで仕方ありませんっ！　むふっ」

「元種……？　えっと、よろしくね」

さすがに、本格的なパン作りの知識や技術は僕にはない。あとはプロにお任せだ。

それから三日後の夕食。いよいよ、決行だ。

昼から料理長のグルマンドと一緒に厨房に籠り、料理を作り上げた。

「せっかくだから、給仕も僕がやってみたいんだけど、良いかな？」

「では、形から入りませんと」

そう、給仕をしたいと言い出した僕が悪かったのか。

なぜか、僕は執事のセバスチャンがノリノリで用意してくれた、従僕のお仕着せを着ることになってしまった。

上下黒の燕尾服にベスト・白シャツ・白ネクタイ。ジャケットの前見頃やお尻付近には、刻印入りの銀ボタンがたくさん縫いつけられている。刻印はヴァレー家の象徴である葡萄だ。

僕は髪を七三に分けて、しっかりと撫でつけた。

「ルイ様。よくお似合いですよ。こうして見ますと、旦那様のお若い頃にそっくりです」

「あ、ありがとう」

執事のセバスチャンが、背中や肩に甲斐甲斐しくブラシをかけてくれる。

立ち襟の首周りが窮屈で、僕は人差し指を差し込んで整えた。

旅の最中に成長期が来て、数ヶ月。だいぶ身長が伸びて、いまは前世でいう百七十センチを超えたくらいだろうか。

裾や丈もぴったりで、服に着られている感じは薄い。けれど、自分じゃないみたいで据わりが悪かった。

（むむ。こうなったら、恥ずかしがっている方が格好悪い。開き直って、なりきるしかないか。えぇい、ままよ！）

僕は思い切って、ワゴンを押しながら食堂に足を踏み入れる。

「ルイ、その格好は一体どういう……」

「あらあら、まあまあ」

「にぃに、しゅごい！　かっくいー！」

すでに席についていたおじいちゃんとおばあちゃんは僕を何度も見て、困惑した表情を浮かべている。反対に、リュカは見慣れない僕の姿に大興奮だ。

僕はこほんと咳払いをして、恥ずかしさを誤魔化す。

今この時だけ、僕は従僕なのだ。なりきるなら、お仕着せに相応しく恭しい口調で喋らなくては。

「今日の夕食は、料理長のグルマンドに手伝ってもらい僕が作りました。ぜひご賞味ください」

ぺこりとお辞儀をして、まずは前菜を並べる。

「前菜は、葡萄のピクルス・チーズ・生ハムのピンチョスです」

チーズの土台に葡萄のピクルスをのせ、くるっと生ハムで巻いてオイルを垂らした一品だ。串に刺さっていて、一口で食べられる。

これに黒胡椒をかけたら、味が締まってもっと美味しいのにと思う。けれど、この世界では香辛料はとても高価なので、諦めるしかなかった。

葡萄もビネガーも、ヴァレー産だ。白葡萄は白ワインビネガーに、黒葡萄は赤ワインビネガーに浅く漬けたのがこだわりだったりする。

「ほう、これはうまいな。さっぱりして食が進む」

「あらあら。葡萄のピクルスははじめていただいたけれど、美味しいわ」

おじいちゃんとおばあちゃんは、一つ摘んでは白ワインをごくり。お酒にも合うみたいで、よかった。

リュカはある意味いつも通り。あっという間に食べ終わって「もっとー！」コールが鳴り止まない。まだまだ後があるから、おかわりは一つまでだ。

全員が食べ終わった頃を見計らって、僕は次の料理「季節のサラダ〜なんちゃってバルサミコソースがけ〜」を並べる。

庭で採れた新鮮な葉物野菜・きのこのソテー・旬のいちじくをあしらい、ナッツを散らした秋感たっぷりのサラダだ。

ちなみに、リュカにはスプーンでも食べやすいように、コールスロー風に細かく刻んである。

「赤ワインを煮詰めて、砂糖と赤ワインビネガーで味を整えたソースをかけています」

僕がそういうと、おじいちゃんとおばあちゃんはびっくりしていた。

というのも、これまでワインは風味づけや煮込みに使うもので、煮詰めるという発想がなかったからだ。

期待通りの反応が返ってきて、僕は内心にんまりする。

二人は一口目を恐る恐る食べていたけれど、二口目以降はフォークの進みが早かった。その食べっぷりが、『気に入った』と物語っている。

「ううむ。このサラダにはどんなワインを合わせるべきか。ソースが赤だからと言って、赤ワインはくどいか。ならば白、それもドライで爽やかな酸味のあるものが良いか……」

「色々な食感があって、お口のなかがとても楽しいわ。それに、ワインのソースといちじくって、こんなに合うものなのね」

「にぃに、おいちー！」

三人が美味しそうに食べてくれるのは、本当に嬉しい。

邸には専属の料理人たちがいるので頻繁には無理だけど、時どきなら手料理を振る舞うのも悪くない。

三品目はシンプルなオニオンスープと、葡萄の天然酵母で作ったパンだ。

スープは玉ねぎを黄金色になるまでじっくりと炒め、料理長のグルマンドが丹精込めて仕込んだブイヨンで旨みを引き出した。肌寒くなってきたこの時期に嬉しい、こっくりとした美味しさだ。

パンは丸い形をしたフランスパンみたいで、表面の皮はパリッ、中の生地はふんわりぎっちり食感に仕上がっている。

葡萄酵母由来の甘く、ほんのりワインっぽい香りが鼻をくすぐった。焼き釜に入れているときからその良い匂いに我慢ができなくて、焼きたてを丸ごと一つ味見してしまったのは秘密だ。

「なんと、噛み締めるたびに麦と葡萄が香る……」

「年か硬いパンは食べづらくなっていましたけれど、これなら美味しくいただけるわ」

「にぃに～。りゅー、じゃむじゃむ、ほち～」

リュカのちゃっかりしたおねだりに、僕は思わず笑ってしまった。

仕方がないので、実はこっそり作っていた栗ジャムを、スライスしたパンに塗ってあげる。

「パンはジャムやバターをつけても美味しいですし、軽く表面を焼くとさらに香ばしくなります。でも、僕のおすすめはスープにパンをドボンと入れて、パセリとチーズをかけて炙ったのですね。ちょっとお行儀が悪いけど」

前世で言う、オニオングラタンスープだ。僕はたっぷりチーズを入れて食べるのが好きだった。

二人はどうするか悩んでいたけれど、結局、おばあちゃんはパンそのものの味を楽しむことにしたようだ。

おじいちゃんは半分食べたところで、僕おすすめのオニオングラタンスープに味変していた。

みんなが食べ終わると、いよいよ次はメインディッシュの出番だ。

僕が手に持ったお皿には、クローシュと呼ばれる保温用の丸い銀の蓋がされている。なので、みんなからはまだ何の料理かはわからない状態だ。

「こちら、猪肉の赤ワイン煮込みです」

もったいぶらずに、僕は蓋を静かに持ち上げる。途端に、馥郁《ふくいく》とした匂いと、もくもくのスモーキーな煙が立ち昇った。

「わあー！　にぃに、しゅごい！　もあ～っ、ちた！」

リュカが、ぱちぱちと手を叩いて喜んでくれる。

そんなに喜んでくれると、わざわざ燻製チップで燻った甲斐がある。何とも兄冥利に尽きる弟だ。

煮込みは、たくさんの香味野菜・ハーブ・ブイヨン・赤ワインなどで猪肉を数時間じっくり煮込んだ渾身の一品だ。

秋の猪肉は、冬に向けてどんぐりなどの木の実をたくさん食べ、甘い脂を蓄えるらしい。今が一番美味しい時期なのだそうだ。

温めた白いお皿に肉とソースがたっぷりと盛られ、マッシュポテト・にんじんのグラッセ・クレソンが脇を彩っている。目にも美しい。

おじいちゃんとおばあちゃんは、さっそくナイフとフォークを手にとる。肉に刃が抵抗なくすっと入ることに感動しつつ、一口頬張った。

毎回、料理評論家並みの感想を言ってくれるので、僕はその反応をわくわくと待つ。……けれど、しばらく待っても、二人は何も言わない。どうやら、絶句しているみたいだ。

「これはなんだ……。肉が溶けたぞ……」

「複雑なコクと脂の甘みがあって、なのにまったくくどくないわ……」

「実は、この煮込みには、隠し味にとあるものを入れているんですよ」

やっと絞り出したような感想に、僕はヒントを口にする。

二人は真剣な表情で煮込みのソースに集中し、じっくりと味を確かめた。

「！　わかったぞ！　葡萄だ！　葡萄が入っているのか！」

「正解です！」

「まあ、葡萄がお料理に入っているなんて……」

そう、実は隠し味に黒葡萄の実を一緒に煮込んでいた。

もう溶けてわからなくなっているけれど、黒葡萄の酸味と甘みがソースに深みを出すうえ、肉がしっとり柔らかくなるのだ。

ただ、前世でも酢豚に入ったパイナップルを嫌う人が一定数いたのと同じように、煮込みに葡萄を入れても大丈夫か、それだけが心配だった。

けれど、味見した料理長のグルマンドが「なんと罪深い味わいでしょう！　まったくもって問題などありません！　むふふふっ」と太鼓判を押してくれた。だからこそ、自信を持って出せたのだ。

二人は早々にお肉を食べ切ってしまった。でも、このソースを残すのはもったいないと、パンで拭って綺麗に食べている。

ちなみに、リュカの分は赤ワインの代わりに葡萄ジュースで作った。当の本人は顔がソースだらけなので、そっとナプキンで拭ってあげる。

「こんなに美味しくて、腹だけでなく心まで満足する食事があっただろうか……」

「そうですわね。孫の手料理と言うだけでも一入《ひとしお》ですのに」

「そう言っていただけると僕も嬉しいですが、まだ最後のデザートがありますよ」

「なんと！　まだあるのか。これ以上驚かせんでくれ」

「まあまあ！　何かしら」

そうして最後の自信作、紅白パウンドケーキをサーブする。

僕は凝ったデザートは作れないけれど、パウンドケーキの由来を覚えていた。

小麦粉・卵・砂糖・バターを一ポンドずつ、つまり同量ずつ混ぜれば作れる……はず、と。

手順はわからないなりに、料理長のグルマンドと一緒に悪戦苦闘しながら、何とか様になるものが作れたと思う。

「まあ、紫と白の層が混ざって、とても綺麗な焼き菓子だわ」

「きりぇ〜、おいちしょっ」

「これはまた葡萄か？」

「そうです。黒葡萄と白葡萄のジャムを混ぜています。それに……ふふ。あとは食べてからのお楽しみです」

僕はそう言うと、薫り高い紅茶をおじいちゃんとおばあちゃんに淹れる。リュカは夜眠れなくなるので、果実水だ。

「そこまで甘くないのね……あら、これは……」

「ほう……。白ワインを含ませているのか」

「そうです。料理長のグルマンドから、焼き菓子には白ワインが意外と合うと聞いたので、おじいちゃんとおばあちゃんの分には染み込ませてみました」

二人に出したパウンドケーキには、少し工夫を凝らしていた。

砂糖とバターの量を減らして、あえて少し粉っぽく焼き上げたパウンドケーキに、料理長のグルマンドが選んだ甘口の白ワインを、たっぷりと染み込ませたのだ。

なんと贅沢な、大人のデザートだろう。僕も食べたい。

逆に子ども用はワインを使わず、たっぷりのジャムで甘く仕上げている。

「ルイ、ありがとう。とても美味しかった」

「本当にありがとう、ルイ。素晴らしいディナーだったわ」

「葡萄もワインも、こんなに料理に使えると思わなんだ。これは客人へのおもてなしにお出ししても喜ばれる」

「あら、それは良い考えだわ！　きっと驚かれるわね」

「それなら、今日のメニューのレシピは料理長がわかっているので、好きに使ってください」

時折、僕も話に加わりながら、おじいちゃんとおばあちゃんがすっかり食べ終わるまで従僕に徹する。

（ちょっとは祖父母孝行できたかな……。作って良かった）

二人の笑顔とやり遂げた達成感を噛み締めていると、ふとリュカが静かなことに気がついた。

「リュカ……？」

「すぴー……すぴー……」

さっきまであんなにご機嫌で、デザートを食べていたのに。

リュカは食べかけのパウンドケーキをしっかりと握りしめたまま、何とも幸せそうな顔で寝こけていた。

ヴァレー新酒祭り

新酒祭りを数日後に控えた、ある日。

「ルイ様、旦那様が応接室に来るように、と」

「？　なんだろう」

「お客様と顔合わせをされたいとおっしゃっていました」

「顔合わせ……？」

執事であるセバスチャンの言葉に戸惑って、僕は慌てて自分の格好や髪を整える。

この時期、おじいちゃんは会合や会食で外出したり、客人を邸に招くことが度々あった。けれど、これまで僕は一度も同席をしたことがない。

それなのに、今回に限って「顔合わせを」と言うからには、よっぽど親しい付き合いがあるか、大物かのどちらかしか考えられなかった。

はじめてのことに少し緊張する。僕は応接室の扉の前で深呼吸すると、思い切ってノックした。

「入ってくれ」

「失礼します。お呼びとのことで、参りました。ルイと申しま……えええ！　ダミアンさん⁉」

「やあ、ルイ。久しぶりだね」

部屋にはおじいちゃんと、なんとソル王国で僕たち兄弟がとてもお世話になった、ダミアン商会長のダミアンさんがいたのだ！

「ははは。ルイが見事に驚いてくれて嬉しいよ」

「ダミアンさん……。ヴァレーに来るなら来ると、手紙で知らせてくれても良かったのに」

恵比寿顔のダミアンさんが立派なビール腹を揺らして笑うのを、僕はジト目で見る。

「いや、手紙は出したんだがね。どこかで追い越してしまったみたいなのだよ。だから、知らないならいっそ驚かそうかと思ってね」

「……。それで、どうしてヴァレーに来たんですか？」

「別れ際、ルイたちの生活が落ち着いた頃に、一度様子を見に行くと言っただろう？　私は有言実行なのだよ」

「そういえば、そうでしたね。ダミアンさん、わざわざ遠いところをありがとうございます」

「いやいや、元気そうで安心したよ」

僕は頭を下げる。

僕たちはソル王国を離れてしまったのに、ダミアンさんはこうしてまだ気にかけてくれる。その律儀で誠実な人柄には、本当に感謝しかない。

「それに、君の祖父であるマルタン様から、知り合いのワイン商人を紹介してくれるというお話をいただいてね。喜び勇んで、馳せ参じたのだよ」

「そうだったんですね……」

ダミアンさんが茶目っ気たっぷりに笑う。その笑い方すら、なんだか懐かしかった。

「ダミアン殿には、長いことマルクやルイたちを助けていただいたからな。さすがにワイン商人として推薦することはできないが、紹介ならばできる」

「じゃあ、ダミアンさんはゆくゆくはワイン商人として、仲買人と取引できる可能性が見えてきたんだね」

「堅実に商売を続けていければ、の話になるがね。お引き立ていただいて、感謝しかないよ」

おじいちゃんはダミアンさんに目をかけているようで、明らかに機嫌が良い。それに、態度が古くからの友人に接するかのような、気安いものなのだ。

そんな二人を見ていて、僕はふとある可能性に気づく。

(あれ……。父さんが外国であるソル王国で商会の職を得て、結婚や家を購入することができたのって……。ダミアンさんの裏に、おじいちゃんがいたからなのかな……?)

いくら教養があっても、身元不明者が他国で安定した生活を手に入れるのは、なかなか厳しい世界だ。

(それに……)

「もしかして、上級ヒールポーションを父さんに用意してくれたのって、おじいちゃん……?」

これまで謎だった、善意の主の正体。

庶民の手にはまず入らない、貴重で高価な上級ヒールポーションを無償で譲ってくれたひと。

全くの見ず知らずが、そんなことをしてくれるとは思えない。唯一できるとしたら、ヴァレー家くらいだ。

「……勘が良いな。見破られてしまったか」

「おじいちゃん……！　僕、ずっとお礼が言いたくて！　本当に、ありがとう……！」

「良い、気にするでない。たとえ馬鹿息子でも、マルクは私の息子だ。親の責任を果たしたまで。……それに結局、効かなんだ」

一瞬目を見張って苦く笑ったおじいちゃんに、僕は涙が出てくる。

期待を持った分、効かなかった時は絶望した。祈りが届かなかった虚しさで、心にぽっかりと穴が空いたような気持ちも、味わった。けれど……。

「きっと父さんも、おじいちゃんが用意してくれたってこと、気づいてたよ」

「……そうか」

馬鹿息子と口では貶《けな》していても、「どうか生きてほしい」と。きっとそう願って奔走して、持てる全てを使って上級ヒールポーションを手に入れてくれたのだと、想像できた。

ひとしきり泣いて、僕は涙を拭う。

ダミアンさんやポリーヌさんへの感謝の気持ちも、より強くなった。

たとえおじいちゃんが裏にいて、色々な事情や打算があったのだとしても。長い間、二人が僕たちに親切にしてくれたことに変わりはない。

（というか、むしろダミアンさんの人が良すぎて、おじいちゃんの方が色々と頼ってたって方がしっくり来る）

だから、正直、紹介状の件はほっとした。ダミアンさんはもっと見返りをもらっても良いくらいだ。

「さて、ルイとダミアン殿は積もる話もあるだろう。私はここで失礼するとしよう」

しばらくして、おじいちゃんが気を遣って席を外してくれた。

僕とダミアンさんは応接室に残って、近況を話したり、葡萄の栽培やワインについて話をする。

そして、話題が途切れたのを見計らって、ずっと聞きたかったことを僕は尋ねた。

「ダミアンさん……。その、そっちに母さんからの手紙が届いてませんか」

「ルイ……」

僕はヴァレーに着いてすぐの頃に一回、葡萄の収穫時期の前に一回、聖リリー女子修道院にいる母さんに手紙を出していた。

けれど、まだ返事は来ていない。

もしかしたら、ソル王国の家やダミアン商会に届いているのかも、と一縷《いちる》の望みで聞いてみたのだけれど……。

ダミアンさんの表情を見るに、届いてはいないようだ。

「母さんは、まだ気持ちの整理がついていないのかな……」

「時折、修道院の院長とお会いするんだがね。サラは当初に比べれば、立ち直りつつあるようだよ」

「ああ。そうなんですね。それは良かった……！」

「だが、心の折り合いをつけるには、もう少し時間がかかるだろう。子どものルイに言うのもおかしな話だがね。気長に待ってあげてほしい」

「……はい。僕はいつまでも、待っています」

リュカはソル王国を離れてから、一度も母さんを恋しがることはなかった。

時どき、思い出したかのように「えみー、どこお?」と聞くことはあるのに、だ。

きっともう、リュカは母さんの顔を覚えていない。

（このままお互いにそれぞれの道を歩いて、交わらない方が幸せなのかな……）

親子とはいえ、他人だ。必ずしも、傍にいることが幸せとは限らない。離れた方が良いことだってある。何が正解なんて、誰にもわからない。

（でも……）

別れ際に、リュカの小さな手を取って泣いた母さんを思い出す。その姿は、後悔しているように見えたのだ。

まだやり直せるのではないか。諦めるのは、少し早いのではないか。

だから、僕は手紙を出し続ける。か細い繋がりが、途絶えてしまわないように。

ヴァレーで僕たちがどんな風に暮らしているのか。嬉しかったこと、楽しかったこと、驚いたことはどんなことか。

あんなに小さかったリュカが、ヴァレーでどんなことを体験して、どのくらい成長したのか。

たとえ、返事が来なくても。僕の手紙が少しでも、母さんの心に届くことを祈って。

新酒祭り当日。

昼食には少し早い時間帯に、町の中心にある広場は埋め尽くさんばかりの人で溢れていた。みんな晴れ着と仮面で着飾り、開始を今か今かと待ち焦がれている。

広場は、ざわざわとした喧騒と熱気で一杯だ。

(うわー。すっごい人・人・人!)

僕はその様子を、広場のど真ん中に設けられた簡素な舞台から見下ろす。

さらに一段上に、今まさにおじいちゃんが立った。

ヴァレー家の当主らしく、葡萄の刺繍が施された深緑のコートを纏っている。金糸が光に反射して、きらきらと光った。権威を示すかのように、豪華絢爛だ。

その目元は、金の仮面で隠されていた。

このお祭りは面白いことに、仮面着用が必須。もちろん、僕たち兄弟やおばあちゃんも仮面をつけている。ただ、メロディアは部屋でお留守番だ。

なんでも、白の山脈の神々はヴァレーのワインを愛しすぎて、人間に紛れてこの新酒祭りをこっそりと楽しまれるのだとか。

けれど、ヴァレーは小さな町で、大体が顔見知りだったりする。

ワイン商人など外から祭りに参加する人ももちろんいるけれど、雰囲気で地元の人間ではないと見抜けてしまう。

だから、神々が人の目を気にせず、心行くまでワインとお祭りを楽しめるようにと、いつの頃からか仮面をつけることが習わしになったらしい。

「ヴァレーと、ヴァレーのワインを愛するものたちよ。待ちに待った、この日がやってきた！」

張り詰めた空気のなか、おじいちゃんが瓏々《ろうろう》と口火を切る。すると、「うおおおおお！」という大歓声が上がった。

指笛や、何かの楽器まで混ざっている。

僕ですら驚いてビクッと肩を揺らしてしまったのだから、幼児のリュカはさらに驚いただろう。

「ふえっ」と涙目になっている。

僕は慌てて収納《ストレージ》から冬用の耳当てを取り出して、リュカの耳につけた。さすがに鼓膜が心配になるくらいの音量だったので。

辺りを見回すと、同じような子どもたちがたくさんいた。怯え泣き喚いて、両親にしがみついたり、抱っこされている姿がちらほらある。

(親の苦笑っぷりを見るに、ある意味ヴァレー式の洗礼なんだな)

こうして、ヴァレーの子どもたちは強く逞しく育っていくのか。そう眺めていると、しばらくして、おじいちゃんが右手をあげた。

すると、歓声がぴたりと止み、静かになる。

「葡萄樹喰いという禍を未然に防ぎ、今年も素晴らしいワインが誕生した！　これも、日々勤勉に葡萄の世話をする者、五感を研ぎ澄ませワインと向き合う者。そして、ヴァレーを愛する全ての者たちの賜物だ！」

おじいちゃんは近くに侍っていたヌーヌおばさん、レオンさんを順に示し、拍手を贈る。

途端に、歓声とたくさんの拍手が沸き起こった。

ヌーヌおばさんとレオンさんは、とても誇らしげな様子だ。

（二人は、ヴァレーのワインを支える立役者だもんね）

なかなか演出上手なおじいちゃんのパフォーマンスに、僕はふむふむと感心する。

葡萄を育て、ワインを造るのは大変だ。日の目を浴びない仕事には、どこか虚しさを感じてしまうこともある。わかりやすい賞賛が、ときに大きな力になるのだ。

また、おじいちゃんの年を感じさせない声が広場に響き渡った。

「この凝縮された美しい自然の恵みと、そして、白の山脈の神々の加護に感謝を！」

「「「感謝を!!」」」

「これより、『ヴァレー新酒祭り』をはじめる!!」

じりじりと焦れ、燻《くすぶ》っていた情熱が一気に爆発したかのようなはじまりだった。

誰が何を言っているのか、もうわからない。

その空気が震えるような凄まじい熱狂を、僕は怯えているリュカを抱きしめながら、ただ呆然と感じていた――

はっと気がつくと、広場の隅のテーブルにはすでに新酒の入った樽や壺が並べられていた。

それを見た人々が、目の色を変えて詰めかけていく。

無料の振る舞い酒は、毎年一人一〜二杯は飲めるくらいには用意されているらしい。少なく感じるけど、この大人数だ。樽換算で百近い数を無料で放出するヴァレー家は、十分太っ腹だと思う。それに無料分がなくなったら、あとは有料になるだけだ。量自体はたっぷりと豊富に用意されている。しかも、有料と言っても、ここは産地。さらに、ヴァレーの住人たちへの労いを込めたお祭りなので、格安価格なのだ。

「「乾杯！」」

振る舞いの新酒はグラスなんてお洒落なものではなく、木製のジョッキに注がれ、次々と手渡されていく。

幸運にもジョッキを受け取れた者たちから、さっそく豪快に飲みはじめた。

（ワインって、がぶがぶと飲むものだっけ……？）

いまだにご機嫌斜めちゃんなリュカを宥めつつ、僕はその光景を唖然と眺める。

そのうち、屋台が良い匂いのする軽食を売り出しはじめた。

どこからともなく、リュート・パイプ・タンバリンと、様々な楽器が音楽を奏でる。踊り子がひらりと宙を舞って、陽気な歌声を響かせた。

「すごい、お祭りだ……！」

短い時間で、楽しく華やかなお祭りに様変わりしてしまった。

今世では初のまともなお祭りだ。

僕は元日本人のお祭り好き精神を思い出したのか、そわそわと足踏みする。

（わー！　どんな屋台が出てるんだろう？　出し物も色々ありそうだし、早く見て歩きたい！）

と、そこに舞台の警備を離れたチボーが、声を掛けてきた。今日の護衛役だ。

「坊ちゃん方、久しぶりっすね！」

「久しぶりだね、チボー」

腐っても、僕たちはヴァレー家の子どもだ。ないと思いたいけれど、お祭りに紛れて誘拐なんてされてしまったら目も当てられない。

なので、残念だけど、護衛を伴わずにお祭りを見て回るのは禁止されていた。

「自警団も忙しいのに、ごめんね。今日はよろしくね」

「そんな、気にすることないっすよ！　せっかくはじめての祭りなんすから、坊ちゃん方は楽しんだら良いっす！」

「ありがとう」

今日、自警団は普段以上に見回りに力を入れている。

楽しいお祭りの反面、スリや置き引きが紛れ込むこともある。そのうえ、酒に酔って暴れる者や、道で眠り込む者が毎年後を絶たないためだ。

人員が減って大変だと思うけれど、お祭りの後にはヴァレー家からワインの差し入れがある。ちゃんとたらふくワインを飲めるようになっているから、どうか頑張ってほしい。

チボーと取り留めない話をしつつ、歩き出す。けれど、そろそろリュカを抱っこしている腕が痺れてきて、限界だ。

リュカももうすぐ四歳になるので、自分の足で歩いてほしい。

「さあ、リュカ。にいにと一緒に、歩いてジュースをもらいに行こっか」

「……じゅーちゅ？」

「そうだよ。リュカが大好きな、葡萄ジュースがあるんだって」

新酒祭りは、大人が楽しむ祭りなのかと思っていた。けれど、子どももちゃんと楽しめるように考えられている。

葡萄ジュースや菓子などの屋台に、劇といった出し物なんかもあるらしい。

「あま～いお菓子もあるみたいだから、『ください』しに行こうね」

「……おかち」

「リュカも、もう四歳のお兄ちゃんだもんね。自分で歩いて『ください』できるなんて、すごいな～」

「……！　りゅー、おにいたん！　ありゅく！」

「おお～。ルイ坊ちゃん、さすがっすね」

「チボー、しっ！」

なんとか、リュカは歩く気分になってくれたらしい。食べ物に釣られてくれてよかった。

僕はリュカを地面に下ろして、収納《ストレージ》の肥やしになっていた幼児用ハーネスをつける。

本当は、リュカに幼児用ハーネスをつけるのは好きではない。かわいそうにも思うけれど、この人混みで迷子になる方が洒落にならない。

ただでさえ、幼児は急に走り出して、そのくせ急には止まれない生き物なのだから。

「よし。準備できた。それじゃあ、ジュースをもらいに行こっか」

「やっちゃー！　じゅーちゅ！」

ころっとご機嫌になったリュカと、しっかり手を繋いで歩き出す。

人混みをかき分け、広場の角っこにある子ども向けエリアにたどり着いた。大きな木の桶にわらわらと子どもたちが群がっていて、遠目からでも場所がわかりやすい。

「るい！　りゅか！」

「フルモア！　ちょうどよかった、一緒にどう？」

「うん！　やったー！」

ちょうど僕たちと同じタイミングで来たらしい、フルモア家族に声を掛けられる。

お母さんははじめて見たけれど、フルモアにそっくりの美人だ。恐縮しきりのモーおじさんの腕に抱かれて、フランス人形みたいな女の子の赤ちゃんが、ご機嫌そうに笑っている。

（みんな顔色も良くて、元気そう）

僕はほっと胸を撫で下ろす。

その時、たぶん子ども屋台の担当なのだろう、二十代くらいの若いお姉さんが声を張り上げた。

「さあさあ、ちびっ子たち、集まって！　みんなでジュースを作るわよー」

（……ジュースを作る？）

お姉さんはいくつものバケツに入っていた黒葡萄を、ざざーと豪快に木の桶に放り込んでいく。

「保護者は子どもの足を綺麗に拭いて、洗浄《クリーン》をかけてあげてー！　そしたら、木の桶に入れて良いわよー。あ、そこの椅子を使ってくれて良いからねー」

その案内で親たちが子どもの裾をまくり、靴を脱がせ、足を綺麗にする。

「きゃあああ〜、にゅるにゅるする〜！」

きゃっきゃとほっぺを真っ赤にして、葡萄を踏む女の子。つるんと滑って尻餅をつき、お尻に不名誉な汚れをつけている男の子。

仮面を邪魔がってポイッと捨てる子や、感触が嫌なのか泣いている子もいる。僕にとってはリュカが一番ではあるけれど、どの子も微笑ましく可愛らしかった。

(ヴァレーって、こんなに子どもがいたんだ)

そんなことを思いつつ、僕もリュカの素足を綺麗にする。そして、脇を抱え、木の桶の中に下ろした。

フルモアも挑戦するのか、自分でさっさと準備して桶に入っている。

「にぃに、あち、やあ〜〜〜」

「ゆびのあいだ、むきゅってして、へんなかんじ」

「ほら、リュカ、フルモア。葡萄を踏んで潰すんだよ。そうしたら、美味しいジュースになるから」

僕は突っ立っている二人に、発破をかけた。

「じゅっちゅ……」

「おれ、がんばる……！」

「そう、そう。上手上手。美味しくな〜れって、しっかり踏むんだ」

「「おいしくな〜れ、おいしくな〜れ（おいちくにゃ〜れ、おいちくにゃ〜れ）」」

転ばないように僕と手を繋いだリュカは、口をツンと尖らせてアヒル口にしながら、イチニイチニと足踏みする。そのたびに、ぷちゅんむぎゅんと何ともいえない葡萄の潰れる音がした。

「ぶどー、いいにおい！　たのち〜〜〜」

「わいん、こうやってつくるんだ！」

十人近いちびっ子が桶に鮨詰め状態で踏むと、割とすぐに潰れた実から果汁があがってくる。葡萄の甘い香りがもわっと立ち昇った。

「よーし、そろそろ良いわよー。それじゃあ、みんなでジュースを飲みましょう！」

その言葉に、親たちがまた子どもを回収して、足を綺麗にする。

その間に、お姉さんは木綿の布で葡萄をぎゅーっと絞って、そのままテーブルに並んだ木のマグカップにどんどん注いでいった。多少こぼれるのもなんのその。豪快だ。

「さあ、どうぞ！」

僕は三人分のマグカップを受け取る。

同じ足でも、ちびっ子の足で踏んだ葡萄ジュースならまだ飲める……はず。郷に入っては郷に従え、だ。

「はい、どうぞ。それじゃあ、みんなで乾杯しよっか」

「るい、かんぱい？」

「そうだよ。こうやってコップをカツンとして……かんぱ～い！」

「「かんぱーい！」」

三人でマグカップ同士を打ちつけて、ぐーっと一気に飲む。

「「「おいしい！（おいち！）」」」

いつも飲んでいる葡萄ジュースとは少し違う。果汁だけを搾ったできたての葡萄ジュースは薄い紫色で、甘酸っぱくて美味しかった。

「にぃに、もっかい！　かんぱーい」

「はいはい、乾杯」

「かんぱいーー！」

リュカは乾杯にハマってしまったらしい。ねだられて、何度も乾杯をする羽目になったのはご愛嬌だと思う。

二回目の葡萄の足踏みが行われているちょうど横では、揚げ菓子を配っていた。これも三つもらう。

近くで調理したものを運んできたのか、手に持つとまだほんのり温かかった。

齧ってみると、カリッサクッとした食感が良い。

味は揚げドーナッツに近いけれど、生地が軽い。それに、葡萄のジャムがかけられていて、美味しかった。

「にぃに、こりぇ、にゃーに？」

「油で揚げたお菓子だって。美味しいね」

「かち！　りゅー、これしゅき！　あぐあぐ」

リュカはぺろりと食べてしまった。

物足りなさそうに「じー」っと僕が食べているお菓子を見るので、少し分けてあげる。長年、リュカの兄をしているのだ。絶対こうなると思っていた。

「にぃに、ありあとー」

「どういたしまして」

リュカが良い笑顔で美味しそうに食べている姿に、僕も嬉しくなる。

ちなみに、フルモアはお母さんとお父さんに一口ずつ分けてあげていた。優しい子だ。

リュカのほっぺや服についた食べかすを払い、洗浄《クリーン》をかけながら、静かに護衛をまっとうしてくれているチボーと話をする。

「ヴァレーは良いところだね。僕、こんなに大きなお祭りなんて、生まれてはじめてだよ。ソル王国じゃ、甘いものを無料で子どもに配ることもなかったし」

「ヴァレーは特産のワインが人気っすから、小さな町の割に余裕があるんじゃないすかね？　それに、旦那様たちが色々と気にかけてくれてるっすから」

「確かに、余裕はあるね」

でも、それだけではないと思うのだ。

ヴァレーの人々は、朝早くから本当によく働く。けれど、決して無理をしている感じでないのだ。

楽しそうに笑い、おしゃべりや歌を歌いながらも、手は止まらない。そして、日が暮れれば家に帰り、家族との時間を過ごす。

日々の暮らしを、一生懸命生きている気がした。

(僕の前世は、どうだったかな……。毎日、朝から晩まで働き詰めで……。すごく疲れてた気がする)

ふと、遙か昔に置いてきた『もう一人』の自分の記憶が蘇る。

覚えていることは断片的だけど、毎日毎日、夜遅くまで栄養ドリンク片手に働いていた。

なぜ、僕はあんなに体を痛めつけるように働いていたのか。今ではもう理由なんて思い出せないけれど。

そんな前世の記憶があるからこそ、僕はヴァレーの時間の流れや雰囲気を、一層尊く思うのかもしれない。

「ルイ坊ちゃん。ぼうっとしてどうしたっすか？」

「……ううん。なんでもないよ。それより僕、甘いものを食べたら、しょっぱい物を食べたくなっちゃった」

「それなら、オレのおすすめの屋台が出てるっすから、案内するっす！　いやー、やっぱりルイ坊ちゃんも食いしん坊っすね！」

「案内は嬉しいけど、チボーって一言多いよね……」

「それがオレっすから！」

開き直ってにしししと笑うチボーに、僕は毒気が抜けた。

「るい」

「ん？　フルモア、どうしたの？」

裾をツンツンと引っ張られて、僕は後ろを振り向く。

「とうちゃん、まいにち、しごとがたくさんって、はりきってる。るいのおかげ？　ありがとう！」

「……どういたしまして」

頬に幼さの残るフルモアが、曇りのない目でにっこりと笑った。見返りが欲しかった訳じゃないけれど、お礼を言われればやっぱり嬉しい。自分が色んな人に助けてもらった分、手の届く範囲で返していきたいと思う。

それに、親の背中を見て子は育つという。僕は親じゃなくて兄だけど、いつまでもリュカに「にぃに、しゅごい！」と言ってもらえる兄でありたいのだ。

水入らずのフルモア家族とはそこで別れて、僕たちは子ども向けの屋台エリアから移動する。

屋台を見て回る途中、チボーおすすめ「ハーブチーズグリル」を買う。確かにすすめるだけあって、視覚・嗅覚に「これは絶対美味しい」と訴える料理だった。

ハーブを効かせたタレによく漬け込まれた肉が、炭火で焼かれるのだ。それも、目の前で。

二度、三度とタレが重ねづけされるたびに、肉はじゅーっと音を立てて白い煙をあげる。少し煙くて目に染みるけど、香ばしく食欲をそそる匂いだ。

最後の仕上げに、溶けたチーズの鍋に肉をざぶんと潜らせる。

串を受け取ると、我慢ができなくて歩きながら一つ食べてしまった。

（ん～～～！　うっま！）

みょ～んと伸びるチーズを巻き取りながら、咀嚼する。

肉の脂と鼻を抜けるハーブの香りを、チーズが丸く包みこんで、最高に美味しい。お酒が無性に飲みたくなる味だ。

（ヴァレーの屋台飯、レベルが高い！）

好物のチーズだったこともあって、僕はご機嫌だ。チボーがそんな僕をニヤニヤ見ているのは、気づかないふりをする。

屋台は、ほかにも目移りしてしまうほど種類があった。

鉄板では、ソーセージなどの肉や焼き栗が豪快に焼かれている。木組みの屋台では、チーズ・パン・豆の煮込みなども売られていた。どれもワインによく合うおつまみなのが、ヴァレーらしい。

気になるものを一つずつ買って、僕とリュカ、時どきチボーとも分けて食べる。頭数が多いと、結構色々な種類が食べられてお得な気分だ。

「はあ。お腹いっぱい！」

「にぃに、りゅー、ちゅかれた～」

「それなら、ちょうどあそこのテーブルが空いたみたいっすから、休んでいくっすか？」

「うん、少し休憩しよう」

そうして、お腹もいっぱいで少し歩き疲れた僕たちは、中央の舞台がよく見えるテーブルで一休みすることにしたのだ。

舞台では、ちょうど小動物たちによる大道芸がはじまろうとしていた。

司会によると、葡萄樹喰いの一件で大活躍だったミンクリス・ネズミ・野ウサギたちが芸を披露するらしい。

今日はあいにく部屋で留守番中のメロディアと芸をするのが大好きなリュカは、僕の膝の上で今か今かとはじまるのを待っている。お尻がそわそわしていて、くすぐったい。

舞台の脇から、魔法使いの格好をした初老の男性が、小動物たちを引き連れて壇上に上がった。

あの人は調教《テイム》スキル持ちだ。畑で見たことがある。

「レディース・アンド・ジェントルメン、ボーイズ・アンド・ガールズ！　テイムショーへ、ようこそ！」

魔法使いが、観客に向かってぺこりとお辞儀をした。同時に、小動物たちも揃ってぺこり。リュカもぺこり。かわいい。

「小さな動物たちから繰り広げられる妙技を、とくとご覧ください！　それでは……ショータイム！」

魔法使いは手に持っていた魔法の杖を、指揮棒のように振る。すると、後方の音楽隊が軽快な音楽を奏ではじめた。

自然に、観客から手拍子が湧き起こる。

リュカはもうじっと座っていられなくなり、僕の膝から降りてお尻をふりふり。おもしろ可愛くて、僕は笑いを噛み殺した。

「さあ、おまわり！　お客さんが多いせいか、いつもより余計に回っております。でも、あんまり回りすぎると、目を回してしまいますからね。このくらいにしておきましょう」

どっと笑いが起きる。

小動物たちの芸は、本当に見事なものだった。革製のボールに乗って器用に転がしたり、魔法使いが手に持った木の輪を通り抜けたり、ジャンプダンスを披露してくれたりした。

いつの間にか、観客のちびっ子たちも立ち上がって、一緒に芸の真似をしていたのはほのぼのする。

最後は、魔法使いと一緒に一匹ずつ縄跳びをぴょ～んと跳んで、フィニッシュだ。

良い具合にお酒が入っている大人たちから、野次と歓声と指笛が上がった。大盛り上がりだ。僕もリュカも、大きな拍手を送る。

歓声が止まないなか、小動物たちが帽子を手に持って観客席へ寄ってきた。そんな風におひねりの回収をされると、無視できない。

「リュカ、このお金を帽子に入れてあげて」

「あいっ！　どっじょ！」

リュカに銀貨を一枚渡して、帽子の中に入れてもらう。すでに結構なおひねりが入っているように見えた。

（いや〜。想像以上に、エンタメだった！）

まさか、ここまでパフォーマンス性に溢れる芸を調教《テイム》で仕込めるとは、誰も思っていなかっただろう。やろうと思ったあの魔法使いはすごい。

「にぃに！　りゅー、あれ、やりちゃい！」

「……リュカもやりたいの？」

リュカはすっかり芸に魅了されて、青い瞳をきらきらさせている。心なしか、ふんすと鼻息も荒い。

「めろちゃんと、ぴょーん、しゅる！」

僕はリュカの榛色の髪を撫でた。いつもはくるくるの柔らかな天然パーマなのに、汗ばんでへにゃっと額に張りついている。

「にぃに〜、おにぇがい！」

「う〜〜〜ん」

おねだりされると、嫌とは言えないお兄ちゃんだ。でも、これはリュカだけの問題じゃない。

僕はリュカを抱っこして膝に乗せると、目を合わせた。

「リュカがやりたくても、メロディアが『嫌』とか『やりたくない』って言ったらやめること。お約束できるかな？」

「あい！」

「よし。それなら、ちょっとずつ練習しようか」

「やっちゃー！」

リュカが万歳をして、僕に抱きついてくる。もうすぐ四歳は、まだまだ素直で甘えん坊だ。

僕はそんなリュカを抱きしめて、そう独りごちた。

魔法使いと小動物たちが舞台から撤収すると、音楽隊はアップテンポで陽気な音楽を演奏しはじめた。

つい体をノリノリで揺らしてしまいそうになる。

観客は、その曲を待ってました！　と言わんばかりに立ち上がり、二重三重の輪になった。動きが素早い。

（え！　どうしたら良いの⁉）

僕たちはその流れについていけずに、テーブルや椅子と一緒に端っこに追いやられてしまった。

何が始まるのかと舞台に目をやると、揃いの衣装を身に纏った女の子が五人、躍り出た。

軽やかに飛び跳ね、滞空時間が長い！

（あの子は……アネット？）

五人のうち、一人はヌーヌおばさんの娘のアネットだった。

女の子たちは手を繋いで輪を作り、音楽に合わせてステップを踏む。

なんと言っても人目を惹くのが、その美脚っぷりだろう。白いタイツに包まれた、カモシカのような足を前に蹴り出す独特なステップは、軽快でキレがあった。

さらに、女の子たちがくるくると風に舞うと、真っ赤なロングスカートが翻る。花が咲いたように華やかだ。

（おお～、すごい！）

決してスカートの中身が見えそうとか、眼福だなとか、思っていない。

しばらく、僕は女の子たちの踊りに見惚れていた。けれど、ふと周りを見渡すと、みんな思い思いに踊っていることに気がつく。

年配のご夫婦はペアでゆっくり。小さな子どもを高い高いしながら、豪快に回るお父さんもいる。

それを見て、僕もリュカと踊ってみることにした。

（踊る阿呆に見る阿呆、同じ阿呆なら踊らにゃ損々……って言うもんね）

「リュカ、にぃにと踊ろっか」

「？　あいっ！」

僕はリュカの小さな両手を握る。見よう見まねで、ワンツーワンツーと左右にステップを踏み、くるっと片手でリュカを回した。

最初はきょとんとしていたリュカも、慣れてくると屈伸のようなヘンテコなステップを披露してくれる。

「リュカ、楽しいね～」

「たのちい～！　にぃに、もっかい！　くりゅっ！」

「はい、くる～」

「きゃあ～」

兄弟でわちゃわちゃ踊る僕たちを見守りながら、チボーは直立不動で周囲に目をやっている。

普段はチャラいチボーだけど、見かけによらず、しっかりと護衛の役目を果たしていた。

しばらくして、曲が終わる。

すると、五人の女の子たちは、広場に散って誰かを探しはじめた。

そんな様子を取り留めなく見ていると、アネットもきょろきょろと誰かを探しながら、こちらにやってくる。

（？　誰を探してるんだろう？）

不思議に思って見ていると、アネットと目が合った。嫌な予感がする。

案の定、僕を見て瞳を輝かせたアネットは、ずんずんと人をかき分けてやってきた。

「ルイ、見つけたのよ！　お願い。わたしと一緒に来てほしいの！」

「え、一緒に来てほしいって……。なんで？」

アネットはたまに姿を見かけたり、挨拶をするくらいで、特に親しい訳ではない。唯一、収穫の時に少し話をしたくらいだ。

こんな風に、いきなり来てほしいと言われる理由はない。

「僕は……」

「まあまあ、待つっす、ルイ坊ちゃん！」

僕が断ろうとしたその時、ニヤニヤ顔のチボーが僕の言葉を遮った。

「リュカ坊ちゃんはオレがちゃーんと見てるっすから、行ってきたらいいっすよ。花娘に選ばれるなんて、ルイ坊ちゃんも隅に置けないっすね～！」

「花娘？　何それ？　あ、ちょっと」

あれよあれよというちに、チボーはリュカのハーネスを僕から奪う。

すかさず、アネットが僕の肘に腕を絡めてきた。もし腕が変なところに当たったらと思うと、振り払うことができない。僕は舞台へと、ドナドナされていくしかなかった。

（えええ～？　なに？　なんで？）

舞台には、すでにほかの女の子たちもパートナーの男の子を連れて戻ってきていた。

「あのね、花娘はこの踊りの目玉なの。毎年、選ばれるのは五人だけ。だから、ヴァレーの女の子たちの憧れなのよ」

「へえ。そうなんだ。でも、それと僕がここにいるのに、なんの繋がりが？」

「あのぅ……。えっと、それはね……」

アネットはもじもじと、言葉を探しているみたいだった。ぎゅっとスカートを握りしめている。

俯いて顔はよく見えないが、耳の先が真っ赤だ。

（？？　そんなに僕に言えないようなこと？）

そんな反応が返ってくるとは思わなくて、僕は困惑しかない。

そうこうしているうちに、また音楽が流れ出した。今度はしっとりとした曲調だ。

アネットは、はっとして僕の手を取った。ぷにぷにのリュカの小さな手とは違う、農作業で培った働き者の手をしている。

（何がなんだかわからないけど……。ここでアネットの手を取らなかったら、恥かかせちゃうよなあ）

なにせ花娘は注目の的で、人目が多く集まっている。さすがに僕も空気くらいは読む。

「えっと、僕、ステップとかよくわからないけど……」

「心配しないで！　簡単だし、わたしが教えるもの」

僕はほかのペアを盗み見したり、アネットに教えてもらいながら、ぎこちなくステップを踏んだ。

腕を組んでくるくる回り、ホールドを組んでまた回る。そして、アネットと向かいあって、左右の足をダンダンダンと足踏み。これでワンセットだ。

あとはひたすら繰り返しなので、途中で慣れて余裕が出てきた。

足元ばかり見ていた目線をやっとあげ、アネットを見る。僕の視線に気づいたらしいアネットが、にっこりと笑いかけてくれた。

アネットは三つ編みを頭の上で冠のようにまとめていて、耳元の赤い花の髪飾りがよく似合う。

いつもは前髪で隠れている形の良い額が丸わかりなのが、新鮮だった。

それに、なんだかとても良い匂いがする。香水ではなく、花のポプリくらいの優しい甘さだ。

密着しないと、ほぼ香りを感じられないくらいの……と思った途端、目と鼻の距離にアネットがいることに気がついて、手汗をかいていないか心配になってきた。

（いやいやいや、落ち着け僕！　相手は同い年くらいの女の子だ。前世を含めると、下手したら娘。

良くて歳の離れた妹くらいの子だぞ！）

言うなれば、親戚の女の子の「女性らしさ」を目にしてしまった気まずさだ。

やましさはないのに、一瞬ドキッとしてしまった自分に僕はひどく動揺する。居た堪れなさに目を泳がせていると、曲が終わった。

（よかった……。やっと終わってくれた……）

ホールドを解いて、一歩二歩後ろに下がる。解放感だ。

僕がほっとしていると、頬を真っ赤に染めたアネットが話し掛けてきた。

「あのね……。さっきの続き。気になる男の子と踊れた花娘はね、その……。想いが成就するって言い伝えがあるの！　だから、えっと。良かったら、覚えておいてね！」

「え？」

そう早口で言うと、アネットは走り去っていく。

（覚えておいてって、どういうこと？　え？　なにを？？）

小さくなっていくアネットの後ろ姿を、僕は呆然と見送った。と、いつの間にか後ろに立っていたチボーに、ぽんと肩を叩かれる。

「ルイ坊ちゃん。このこの～。あの子とずいぶん、良い雰囲気だったじゃないっすか～」

「む～～！　にぃには、りゅーの！」

ウリウリと僕を茶化すチボーと、なぜか嫉妬心？　対抗心？　を燃やして、アネットにあっかんべーするリュカ。

一体、この収拾をどうつけたら良いのかと、僕の口から乾いた笑いが漏れた。

楽しい時間は、あっと言う間に過ぎる。お祭りを目一杯楽しんで、気がつけばもう日暮れが近い。

「坊ちゃん方。そろそろ邸に帰るっすよー」

「うん」

「やっ、かえりゃにゃいっ。おまちゅり、あしょぶっ」

そう言うと、リュカは仮面をぽいっと放り投げ、その場にしゃがみこんでイヤイヤをした。

(これは……まだ遊びたいのもあるだろうけど、疲れて眠いんだな)

「夜は大人の時間っすからね〜。良い子は帰るっすよ」

チボーはそう言いつつ、リュカが放り投げた仮面を拾って僕に手渡してくれる。

新酒祭りはまだまだ夜まで続く。夜はカップルや夫婦、出会いを求める男女の時間らしい。中央広場に大きな篝火が焚かれ、それはそれはロマンチックなのだとか。

反面、タチの悪い酔っ払いが増える時間だ。子どもは退散するに限る。

「ほら、リュカ。にぃにがおんぶしてあげるから。夜のお祭りを見ながら、歩こう?」

「おまちゅり……。あい……」

リュカは目をとろんとさせ、かわいいあくびを一つ。僕が座って背中を差し出すと、リュカは素直に背中に乗って首に手を回した。

リュカをおんぶしながら、邸への帰り道を歩く。通り沿いの店は、軒先に灯りの灯ったランタン

を吊り下げはじめた。

夕焼けにぽつぽつとオレンジ色の灯りがぼやけて、昼間とは全く違う町に迷い込んだような、ノスタルジックな黄昏だ。

「リュカ、お祭り楽しかったね」

「んにゅ……。おまちゅり、たのちかっちゃあ……」

ぐりぐりとリュカが僕の背中に顔を押しつける。だんだんとリュカの体から力が抜け、ずっしりと重くなった。

「すー、すー」

「リュカ坊ちゃん、寝ちゃったっす。相変わらず、かわいい寝顔っすね～」

「今日は一日中、はしゃぎっぱなしだったからね」

僕も疲れた。足の裏やふくらはぎがじんと痛い。でも、気を抜くのはまだ早いのだ。

(無事に家に帰るまでがお祭り、だもんね。もう一息だ)

よいしょとリュカを抱え直す。

昼間は人の波に流されるまま歩くしかなかった通りも、だいぶ人が減って歩きやすくなった。

とはいえ、食堂や酒場からあぶれた酔客が狭い通りの壁沿いで立ち飲みをしていたり、そんな酔客を狙ったワイン売りや軽食売りが蜂のように飛び回ったりと、まだまだ賑わいを見せている。

人とぶつからないように避けつつ進むと、向かいからふらふらと千鳥足のおっさんが歩いてくるのが見えた。

木の仮面をつけたおっさんは、顎と首の境目がわからない顔や耳を真っ赤にして、見るからにべろんべろんに酔っている。でっぷりとしたお腹を揺らし、服はワインなのか何なのかわからない染みがこびりついていた。汚い。

「ひーっく。なんでぇ、文句でもあんのかあ。おりゃあ、みせもんじゃねえぞ。ひっく」

道端を歩く人に詰め寄って、呂律の回らない口で難癖をつけている。あまつさえ、片手に持っていた木のジョッキを投げつけていた。

その様子に、僕は嫌な予感を覚えて顔をしかめる。

(うわー。このまま行くと絡まれそう……)

「……ルイ坊ちゃん、引き返すっすよ」

「そうだね」

さっとチボーがおっさんと僕たちとの間に入って庇いつつ、来た道を引き返そうとした、その時。

「うぃっく、こ～んな時間だあってのに、ガキがいんじゃねえよ。いっく」

後ろから、そんな声がした。僕たちは振り返ることも、立ち止まることもしない。

「無視するっす。どうせ酔っ払いの戯言っすから」

「うん」

「ちっ。ガキが無視しやがって。ふざけてんじゃねえぞ。ひっく。お～お～。俺にけんか売ってんのか。ああ⁉　ひっく」

足早に歩けども、人通りの多い狭い通りだ。なかなか思うように進めない。それに、リュカをおんぶしている僕は、重たくて素早くは動けなかった。

「ひっく。おらあ、待てっていってんだろうがあああ〜！」

「！　ルイ坊ちゃん！」

怒声につい振り向くと、チボー越しにおっさんがふらつきながらも、前屈みで走ってくるのが見えた。大ぶりで、右腕を引き……殴りかかってくる！

一瞬が、まるでスローモーションのように感じた。

チボーが左足で踏み込み、腰を落として両手を前に構える。僕は背中にリュカがいる。後ろは向けない。どうしたら良い。

僕が動けずに硬直していると、壁際に寄りかかっていた青年が、すっと長い足でおっさんを引っ掛けるのが見えた。

ドッターン！　と大きな音をあげて、おっさんは顔から転ぶ。

周囲から悲鳴が上がり、蜘蛛の子が散るように人が飛び退いた。

「ううう。いってえな、ちくしょう。よくも……」

おっさんは地面に突っ込んだ衝撃で木の仮面が割れ、鼻を打ったようだ。垂れてきた鼻血を手で抑え、くぐもった声で喚いている。

対して、青年は悠然とした態度だ。

象牙のような白い仮面で目元を隠せども、整った顔立ちは隠しきれない。片流しのゆるい三つ編みが様になっていた。

青年の、形の良い唇が弧を描く。

「くそっ。ばかにしやがって……！」

立ち上がったおっさんは、よろよろと青年に近づいていく。

すると、青年の隣に佇んでいた妙齢の女性が、口から引き抜いたばかりの串をおっさんの顔……しかも、目を狙って真っ直ぐ突き出した。どことなく、レイピアの構えに似ている。

「疾《と》く、去《い》ね」

こちらも、金色の仮面をつけてはいるけれど、絶世の美女であることが丸わかりだ。卵型の顔周りを、眩い金髪がくるくると彩る。

にこりと笑えば誰をも魅了しそうな美貌だけど、今は無機物を見るかのような冷たさを瞳に宿していた。

「あ～ん？　へ、へへっ……。よくみりゃ、えれえ上玉じゃねえか。むかつく野郎をぶちのめして、俺が朝までじ～っくりかわいがってやるよ」

下卑た言葉に、僕はぞわっと鳥肌が立った。

（どうしよう……矛先が変わったのは助かるけど、このままじゃあの人たちが……！）

おっさんが助走をつけて、青年に突っ込む。

このままだと、体当たりされる！　と僕が息を飲んだのも束の間、さらに第三の人物が間に割って入った。

その人物は左の手のひらを下から上へ、突き上げるかのようにおっさんの顎へと叩き込む。

「ごふっ」

勝敗は一瞬で決まった。

おっさんはその場に崩れ落ちる。ぴくぴくと白目を剥き、口の端から泡を吹いていた。

（え、何が起こったの……？）

「うひゃー！　強えっすねえ。掌底が見事に決まったっすよ。あのおっさん、死んでないと良いっすけど」

びびって腰の引けたチボーが、思わずといった様子でつぶやく。

「ルシーもヴィーヌも甘い。向かってくる敵は即排除。戦場の基本だろう」

おっさんを地に沈めた人物が、青年と美女に対してぼそっと言う。

耳まですっぽり覆うターバンを頭にぐるぐると巻き、髭と仮面でほとんど表情は読み取れない。かろうじて、背格好から壮年の男性かな？　とわかるくらいだ。

青年は柔らかく微笑んだまま、ひょいと肩をすくめる。美女は「無粋よの」とだけ言って、ゴブレットに口をつけた。

（この三人は、お仲間なのかな……？）

僕がその様子を呆然と見ていると、「開けてくれ！」と広場の方から声が響いた。

「自警団だ！　酔って暴れている奴がいると聞いて駆けつけた……んだが、どうやら遅かったみたいだな」

見慣れた自警団の制服を着た男たちが三人、人混みをかき分けてやってくる。現場を見ると戸惑った様子で、語尾の音量がだんだんと小さくなった。

けれど、そこはさすがに切り替えが早い。周囲の身振り手振りで倒れているおっさんが下手人だとわかると、蹴ってうつ伏せにし、後ろ手を縄で縛った。

「ルイ坊ちゃん。この隙に紛れて、急いで帰るっすよ。これ以上遅くなると、大目玉っす」

「う、うん」

まだ警戒を滲ませるチボーに促されて、僕も気を取り直す。早く邸に帰らなくてはいけないけれど、その前に。

「あの……！　助けてくれて、ありがとうございました！」

恩人である三人に向かって、僕は叫ぶ。

間一髪、危ないところを助けてもらったのだ。青年の機転がなければ、どうなっていたかわからない。

僕の声が届いたようで、青年は手をひらひらと振ってくれた。美女はゴブレットを掲げ、壮年の男性は頷き返してくれる。

もっとちゃんとお礼をしたいけれど、チボーが僕の腕を掴んで、有無を言わさずにずんずんと歩いていく。

「また相見《あいまみ》えようぞ、ルイ」

がやがやとした喧騒のなかで、なぜかその麗しい女性の声は僕の耳にははっきりと届いた。

（なんで、僕の名前を？）

後ろを振り返っても、人波にのまれて三人の姿はもう見えない。

（気のせい、だったのかな……？）

僕は首を傾げた。

それからは特に何も問題なんて起こることはなく、邸にたどり着く。

「ルイ、リュカ！　心配したぞ！　一体、何があったのだ！」

「ああ、本当に良かったわ。もしあなたたちにまで何かあったら、わたくし……っ」

「おじいちゃん、おばあちゃん……。心配をかけてごめんなさい」

血相を変えたおじいちゃんとおばあちゃんに出迎えられた。あんなことがあったのに、一度も目を覚まさずにすやすやと眠り続けるリュカごと、僕は二人にきつく抱きしめられる。

一足先に帰っていた二人は、僕たちのあまりの帰宅の遅さに、捜索隊を組もうかと検討しだした矢先だったらしい。心配を掛けてしまった。

こうして最後に一悶着はあったものの、僕たち兄弟のはじめての新酒祭りは、なんとか無事に幕を閉じたのだ。

エピローグ　冬支度

新酒祭りが終わるやいなや、商人たちは波が引くようにヴァレーを去っていく。拠点へと帰るもの、次の交易先に向かうもの、行き先は皆それぞれだ。

そうやって商人が機敏に移動できるのも、魔法のおかげだった。

浮遊《フロート》を使って荷馬車への積み込みを時短したり、そもそも収納《ストレージ》に仕舞い込んで身軽さを確保したり。貯蔵庫から運び出されたワイン樽が商人の手に渡り、みるみる減っていく光景は面白くさえあった。

「やあ、ルイ。そろそろ私も帰るとするよ。いやはや、来て良かった」

出立前に暇《いとま》の挨拶を、と邸に立ち寄ってくれたダミアンさんも、取引がうまく行ったみたいだ。いつも以上に福々しい笑顔を浮かべている。

新酒祭りの間はどうやら仲買人が主催した招待制の会合に出席して、貴重な年代物のワインを試飲させてもらったらしい。

ワイン商人を紹介してもらったことへの再三の感謝と、試飲したワインがいかに素晴らしかったのかを、成人前の僕に饒舌《じょうぜつ》に語られても困る。

姿を見かけないなと思ったら、ダミアンさんはいつの間にかヴァレーのワインのファンと化していた。

「ルイ。毎年は無理かもしれないが、私はまたヴァレーに来る。何か困ったことがあれば、頼ってくれて構わないからね。マルタン様がいれば、困ることはそうそうないとは思うが」

「ありがとうございます。また、手紙を書きますね」

「そうしてくれると嬉しい。ポリーヌも、ルイからの手紙を楽しみにしているからね」

「はい！」

そう言うと、ダミアンさんもソル王国へと帰っていった。

ヴァレーがいつもの日常を取り戻しつつあるなか、待ちに待ったワインボトルの試作が納品される日がやってきた。といっても、完成してもしていなくても、中間報告を兼ねたものだ。

（どれか一つでも、形になってくれてると良いけれど……）

僕とレミーは、応接室の向かいに座る。四つの長細い木箱を持参したモーおじさんは、初冬にもかかわらず緊張から額に汗をかいていた。僕にまで緊張が移って、手に汗握る。

「それで、うまくいきましたか？」

「は、はひ」

モーおじさんは、レミーの美貌に見事に固まった。ガツンと舌を噛む音がする。

（だ、大丈夫かな）

レミーは「はあ」とため息を吐くと、机の上の木箱を一つずつ自分の手で開けていった。そうして、机の上に取り出されたワインボトルは一見どれもイメージ通りで、問題ないように見える。

今回、僕が考えて試作を依頼した案は四つだ。

一つ目は「押し蓋」。前世だと、有名な飴缶や豚の貯金箱なんかに使われていたと思う。

二つ目は「王冠キャップ」。言わずとも知れた、瓶飲料によく使われていたやつだ。

三つ目は「ゴムコルク」。木のコルクが使えないなら、使えるものを作れば良い。

この三つは、スライムゼリーに灰を混ぜ、ゴム状にした素材を使っている。

最後、四つ目は「螺旋蓋」。いわゆるスクリューキャップだ。蓋といえば、一番に思い浮かんだのがこれだった。これだけは、サップ・プランツの樹液で作られている。

「聞くよりも、実際に液体を入れて試すのが早いですね。……水生成《ウォーター》」

レミーがそう唱えると、その手のひらにぷるんと丸い水球が現れた。水は物理を無視して細い筋を描き、ワインボトルの口に滑り込む。四本とも、指の第一関節分くらいの水が入った。

レミーはそれぞれの瓶を、きっちり蓋する。

ゴムコルクだけは手では最後まで入らなかったので、逆さにした状態で体重をかけ、ぐっと押し込む。樹液製のワインボトルだからできる芸当だ。

（ワ、ワイルド～～～！）

そうして、レミーはコップの上で、一本ずつ瓶を逆さまにしていった。

「……ふむ」

結果、四本中三本は水が漏れてしまった。唯一、水が漏れなかった「ゴムコルク」は、やはり栓だからか、密閉性に関しては優秀だ。

続けて、レミーはいつの間に収納《ストレージ》から取り出したのか、T字のコルク抜きを刺し、抜栓する。きゅっぽんっと良い音がして、ゴムコルクが抜けた。

「瓶と密着するからか、少し力が必要ですね。ですが、これまでのすべての試作品の中で、一番良い出来です」

「あ、ありがとうぉございますぅ！」

レミーの実験を、固唾を飲んで見守っていたモーおじさんは、ガバッと頭を下げた。僕も、詰めていた息をほうと緩める。全滅じゃなくて、本当に良かった。

「まだ、安心するのは早いですよ。少なくとも一冬は、ワインを美味しいまま保存できるのか、試してみないと売りには出せません」

差し当たって、この冬は実際にワインを詰めて、経過を見ることになった。その間に、モーおじさんには改良に取り組んでもらう。

出来によっては、さらにヴァレー家から報奨金を支払うと確約すると、モーおじさんは恐縮しつつも嬉しそうな表情で邸を後にした。

「さて……特許の書類を作成しましょうか。これだけの発案は、ほかに抜け駆けされかねません。善は急げです。今後のためにも、ルイ様にしっかりと覚えていただきます」

「え？」

喜びも束の間、僕とレミーはそのまま残って、商人ギルドに提出する特許の書類を急いで作成することになった。モーおじさんや工房を信頼していない訳ではないけれど、過去に申請が後手に回って、ややこしいことになった例があるらしい。

「サップ・プランツはどこにでも生えていますが、さすがに専用農地を用意しなくては。並行して、来年の秋には間に合うように、生産を安定化させて……。あぁ、うまくいけばその前にセーファラーズ海国の港祭りで、テスト販売しても良いかもしれませんね……」

僕に書類の書き方を教える傍らで、レミーはさらに先の算段を口にした。すっかり商人の顔だ。

「……きっと、あのワインボトルは、これからのヴァレーを変えます。正直に言えば、私は少しだけあなたのことを見直しました」

ふと思い出したかのように、レミーが僕に向かって言う。

決して、にこりと口角を上げて笑っている訳ではない。なのに、目尻がほんの数ミリ下がっただけで、劇的に雰囲気が優しくなった。

（いつもツンなレミーが、デレた～～～⁉）

レミーの背後に、白百合が咲き乱れる幻影まで見える。

（僕のことを見直した⁉　え、明日は雪でも降るんじゃ……⁉）

僕がよっぽど目を剥いて驚いていたからだろう、レミーはすぐにすんとした表情に戻ってしまった。

「……はじめこそ、右も左も知らぬ子どもの子守を押しつけられたと思いましたが、ルイ様の発想力には確かに目を見張るものがあるのはわかりました。……その調子で頑張っていただければ、教育のしがいがあります」

「！　あ、ありがとう。レミー！」

驚き過ぎて、僕はとっさに言葉が出てこなかった。なんとか声を絞り出すと、レミーはかすかに頷いてくれたのだ。

最初は、なんてスパルタでドライな人かと思ったけれど、気がつけば印象は百八十度ガラッと変わっていた。もう棘のある言葉や行動の裏を読むことはない。こういう人なのだと理解すると、自然と気にならなくなっていた。

きっと、これも慣れと……信頼が築かれつつあるからだと思う。

さて、ワインボトルの試作に目処がついたと思ったら、今度はワイン造りが大詰めだ。

醸造所では、発酵が終わったワインを昔ながらの道具で搾り、樽に詰める作業の真っ只中である。秋から本格的な冬に入る前までは、とにかくやることが多いのだ。

「ヴァレーには、『ワインは貯蔵庫で二度冬を越す』なんて言葉もあるくらいなんだぜ」

レオンさんが言うには、白ワインは半年～一年、赤ワインは一～三年を目安に熟成させるらしい。期間に幅があるのは、葡萄の出来・品種・熟成度合いに応じて、加減しているからだそうだ。

そうやって、涼しい地下の貯蔵庫で寝かせることで、一層美味しいワインが出来上がる。途方もない手間暇と時間がかかっているのだ。

平行して、葡萄畑の冬支度もしなくてはいけない。

本来なら、収穫が終わった葡萄の樹は枝葉もそのままに放置される。

しばらくして、冬の寒さに耐えられるだけの栄養を蓄えると、枝は緑から硬く褐色へと色が変わり、葉も紅葉してくるのだ。

そして、気温が下がってくると、一斉に枯れ落ちる。それが、葡萄の樹が良い状態で冬支度を終えられた合図だった。

（こんな枝と幹だけの状態だと、ぱっと見は枯れているようにしか見えないけれど）

今年は葡萄樹喰いがでてしまったので、収穫後すぐに枝や葉の剪定をしている。

幸い、早く発見できたお陰で必要最低限に留められたけれど、本来、休眠前の剪定は樹の成長を阻害したり、弱めてしまいかねない行為だ。

最悪、樹が枯れてしまう可能性もあった。

「はあ〜〜。どうなるかと思ったけど、なんとか冬を越せそうだよ」

広い畑の隅々まで歩き回り、鵜《う》の目鷹の目で葡萄の様子を確認していたヌーヌおばさんは、ほっと胸を撫で下ろした様子で言った。

そうとなれば、あとは時間との勝負だ。猶予はひと月もない。

ワインの仕込みがひと段落した醸造所の職人たちもぞくぞくと合流し、手分けして作業する。

小作人たちのなかに、アネットの姿も見かけた。けれど、僕はどうしたら良いかわからなくて、結局、当たり障りなく接している。

（っていうか、今は恋愛とか全然考えられないしなあ……）

じゃあ、いつなら良いのかと聞かれても困ってしまうけれど。

そんなことを思いつつ、馬に農具を引いてもらって畝と畝の間を耕し、樹の根元に土を盛っていく。霜対策だ。

それが終わったら、幹をすっぽり覆うように麦わらを巻く。苗木・若木・古樹は、さらに念入りに根元にも敷き詰めた。

僕も小作人たちに教わり、見よう見まねで作業する。

簡単な作業ではあるけれど、なにせ葡萄畑は広いし樹の本数も多い。それに、屈み作業で腰は痛くなるわ、手はひどく悴《かじか》んで指が動かし辛くなるわで、心が折れそうになった。

（農業、舐めてた……！）

僕は空を見上げて白い息を吐くと、唇をぎゅっと結ぶ。

何日もかけてやっと土寄せと藁巻きが終わると、最後は剪定だ。冬支度が終わった樹から、不要な枝を剪定していく。

なんでも、枝が混みっていると、雪の重みで樹が折れてしまうらしい。そのうえ、どの枝を剪定するかで、今後の収穫量が変わってしまうそうだ。ベテランの小作人たちが、難しい顔で一枝一枝を見極めながら切っていった。

切り落とした大量の枝は、そのまま畑に残しておくと病害虫の元になってしまう。なので、面倒だけどちゃんと集めて、野焼きしたり、麓にある専用の小屋に運びこんだ。冬の間の薪として、町の住人は勝手に持っていって良いことになっている。

そうして、みんなの力を合わせて、何とか雪が積もる前に作業を終わらせることができた。

（お、終わったー!!）

正直、無理だと思っていた。でも、人間やればできるものだ。

いや正しくは、ヌーヌおばさんが「終わるかどうか、じゃないよ。終わらせるのさねっ」と鬼気迫った顔で僕たちを追い立てたから、ではある。

あとはこのまま冬が来るのを待って、あえて雪に樹を埋めてしまうらしい。そうすることで、冷たい風が樹に直接吹くのを防ぎ、保温性を高めるのだとか。

「さあ、みんなご苦労さんだったね！　今年もよく働いたよっ」

その日の終わりは、作業小屋にみんなで集まる。冬支度を頑張った労いに、軽食と温かい飲み物が振る舞われた。

暖炉では、シチューの鍋がぐつぐつと音を立てて煮えている。フォークに突き刺したチーズやソーセージを火で炙る、良い匂いもした。

僕はシチューが入ったカップを両手で包む。冷えた手が、じんわりと温まった。ふうふうと息を吹きかけて、ゆっくり啜る。

（はあああ～。最高！　生き返る～～～！）

そのコクのある甘さとしょっぱさは、どこまでも疲れた体に染み渡るようだった。


そうして、年の終わり。ヴァレーに本格的な冬が訪れた。粉雪が降り続き、日に日に雪の層が厚くなる。すっかり白銀の世界だ。

人は寒くなると、人肌が恋しくなると聞いたことがある。その通り、日中は自然と談話室にみんなが集まって過ごすようになっていた。たくさんの薪をくべた暖炉のそばで毛布に包まると、ぬくぬくとした温かさで動きたくなくなる。

炎の揺らめきとパチパチと爆ぜる音。それと、暖炉に釣られた鍋から立ち昇る白い煙を、僕はいつまでも見ていられた。

（はあ〜、癒される……）

おじいちゃんとおばあちゃんも暖炉の近くでワインを飲み、メロディアを頭に乗せたリュカは一生懸命つま先立ちして、窓の外を眺めている。窓辺は寒いだろうに、興味津々だ。

「にぃに、おしょと、まっちろ〜」

「ククク—」

「雪が降ってるね〜」

「ゆき？」

「クク？」

リュカとメロディアは、こてんと首を傾げた。

生まれ故郷のソル王国でも、雪は何度か降ったことがある。けれど、こんなに積もりはしなかった。それに、リュカが物心つく前だから、覚えていないのも仕方ない。

「めろちゃんも、まっちろ〜。ゆき？」

「クク？」

「ははは。それはね、冬でも寒くないように、ふわふわの毛に変わったんだよ」

「ふわふわ、けっけ！」

「クック！」

リュカは小さなお手々でメロディアを撫で、手触りを確かめる。

栗色の夏毛から真っ白の冬毛に変わったメロディアは、見るからに「もっふもふ」だ。そのままメロディアはリュカの体を器用に登ると、マフラーのごとく首に巻きつく。

暖かそうで、ちょっと羨ましい。

「にぃに、りゅー、おしょといきちゃい！」

「クククー！」

「うーん。風邪引いちゃうから、雪が止むまではお外で遊ぶのはやめておこう？」

「ええぇ～。め～？」

「ククー？」

（うっ……）

そんなに揃って、おねだり顔で僕を見ないでほしい。

僕だって、「いいよ」と言ってあげたいのは山々だ。けれど、横殴りとまではいかないまでも、雪は結構な勢いで降っている。

とは言え、しょんぼりと肩を落とす一人と一匹を見るのも忍びない。

「……しょうがない。にぃにが雪を取ってきてあげるから、部屋の中で遊ぼっか」

「！　あしょぶー！」

「クククー！」

僕はほかほかの毛布から這い出て、換気がてら窓をうっすらと開ける。すると、冷たい風が室内に流れ込んだ。寒いというよりも、刺すように顔や目が痛い。

狭いバルコニーの床に積もった雪を、収納《ストレージ》から取り出した桶ですくう。それだけでも僕はぶるっと体が震えて、急いで窓を閉めた。

室内はとても暖かい。だから、この雪はすぐに溶けてしまうだろうけど、気分は楽しめるはずだ。

雪の入った桶を僕は絨毯の上に置く。

「はい、どうぞ」

「にぃに、ゆき、しゃわってい？」

「いいよ」

僕が頷くと、リュカはずぼっと雪に両手を突っ込んだ。まさかそんな豪快にいくとは思っていなくて、止める暇もなかった。

「ぴえっ。にぃに～～～！　おてて、いちゃいっ！」

びっくりしたリュカは手を引っこ抜いて、僕に向かって伸ばす。絨毯の上にきらきらと雪が舞い散って、すぐに溶けて消えた。

おじいちゃんとおばあちゃんも苦笑しながら、リュカを見ている。

「あははは。リュカ、それはね。痛いじゃなくて冷たい、って言うんだよ」

「いたい、ちあう？　ちゅめたい？」

リュカの冷えた手を握って温めながら、僕は「冷たい」を教える。こうやって、リュカはまた一つ新しいことを経験して、覚えていく。

「雪はね、こうやって丸めてぎゅっと固めると……お人形も作れるんだよ」

冷たさに懲りたのか、しゃがみ込んだまま雪を警戒するリュカに、僕は小さな雪だるまをいくつか作ってあげる。冷たさに手のひらが赤く悴むけど、我慢だ。

さらに、ちょっと歪なメロディアの雪像も作った。耳と尻尾くらいしか似てないけど、上出来だろう。一度はぁーと手のひらに息を吹きかけて擦り合わせてから、本物の横に作ったばかりの雪像を並べた。

「ほわ〜〜〜。にぃに、しゅごい！　かあいい！」

「ククク！」

「でしょう？　あ、リュカ、さわっちゃ……！」

一歩遅かった。

リュカはメロディアの雪像に手を伸ばし、そのままぐしゃっと握りつぶしてしまったのだ。

「め、めろちゃん、おかお、ぐちゃっ……。うえええんっ」

「クク〜〜〜⁉」

「大丈夫、大丈夫。また作り直せば良いだけだから」

「びえええん。にぃに〜、ごめっちゃあいぃ」

「ククク、ククク」

「あ〜、よしよし」

おろおろと狼狽《うろた》えるメロディアに、泣き喚くリュカ。収拾がつかなくて、そんな状況ではないとわかっていても、つい笑いが込み上げてくる。

僕はやれやれとリュカを抱っこして、あやした。この一年で成長したとは言え、まだまだひっつき虫は健在だ。でも、そこがかわいい。

「あらあら。二人とも、雪を触って冷えたでしょう。暖炉の近くにいらっしゃい」

「温かい飲み物を飲んで、温まると良い」

おじいちゃんは立ち上がるとミトンを手に嵌め、暖炉に釣られた鍋の中身をマグカップに注ぐ。

僕にはホットワインを、リュカにはホットミルクを手渡してくれた。

「あったかい」

「ふーふーふー」

陶器のマグカップ越しにも、熱々なことがわかる。雪で冷えた指先が、ピリリとした。リュカと一緒に何度も吹き冷まして、やっと一口だけ啜る。

「「は〜〜〜」」

兄弟揃って、ため息が漏れた。体の芯から温まる。

「おいち〜」

「このホットワイン、甘酸っぱくて美味しい！　はちみつ、りんご、それにジンジャーかな？　ハーブもいくつか入ってて、すごく良い香り」

「ああ。底には干し葡萄も入っておる。果物やハーブを入れるのが、寒いヴァレーの冬を乗り越える、昔からの知恵なのだ」

「確かに、体に良さそう」

じっくりコトコト煮たことでさらに味が濃くなり、酒精も完全に飛んでいる。暖炉の火に当たりながら、一口また一口と飲んでいくと、汗ばむくらいに温かくなってきた。

「……そのホットワインは、フリュイ・エカルラットで作ったのだ」

「父さんの好きだった赤ワインで？」

「ああ。私たちが今飲んでいるワインもそうだ」

おじいちゃんとおばあちゃんは、目を細めて僕とリュカを見る。

「ふふふ。風邪の予防に、冬になるとあの子にもよく飲ませたものだわ。懐かしい」

「思い返せば、濃厚なのに癖がなく飲みやすいフリュイ・エカルラットで作ることが、多かったように思う。……あやつは、そのことを覚えていたのだろうな」

「きっと、そうだよ」

僕はゆっくりともう一口、口に含む。

（これが、父さんの好きだったワインの味……）

鼻の奥がつんとするような、優しくて温かい思い出の味を、僕はゆっくりと味わった。

「美味しい」

「美味い、な」

「ええ、本当に」

静かにグラスを飲み干したおじいちゃんとおばあちゃんも、ほっと息を吐いて同意してくれる。

瞼の裏に、赤ワインを飲んで笑っていたかつての父さんが浮かんだ。

言葉はなくとも穏やかに流れる時間に、僕はお腹の底からぽかぽかと温かくなってくる。

(幸せだな)

僕はふと、一年前のことを思い出した。

去年の今頃は、母さんとベルナールのことで、ぴりぴりと気を張っていた記憶しかない。幼いリュカを守ろうと、僕は必死だった。

それが今では、おじいちゃんやおばあちゃん、それに家人たちに見守られて、平穏に暮らせている。

はじめの頃は落ち着かなかったこの邸も、今ではすっかり第二の我が家だ。口ごもらずに「ただいま」が言えるようになり、部屋でほっと寛げるようになった。こうして、祖父母と僕たち兄弟の四人で過ごすのも、いつからか当たり前の日常だ。

「にぃに、ぶどー、くーだしゃい!」

きゅるんとしたあどけない瞳で、僕のマグカップの底に残った干し葡萄を虎視眈々と狙うリュカに、笑みがこぼれる。

何より、リュカは去年よりも喜怒哀楽が豊かになったと思う。好奇心旺盛で、子どもらしくよく笑い、よく泣くようになった。

「リュカはヴァレーに来て、毎日楽しい?」

「たのちい!　りゅー、ゔぁれー、だいしゅき!」

くふくふと笑うリュカがかわいい。

リュカはヴァレーの厳しくも豊かな自然の中で遊び、美味しいごはんを毎日たらふく食べ、たくさんの人に愛されて元気に育っている。

あのまま母さんと暮らしていたら、きっと全て叶わなかったことだ。

「にぃにもー、にこにこ、うれちっ！」

当たり前のように膝に乗ってきたリュカを、僕は抱きしめた。

(あの時、ヴァレーに行くって決めたのは、間違いじゃなかった)

胸を張って、そう言える。

跡取り候補になったのは少し誤算だけど、それですらふつうに考えれば恵まれたことだ。

(まだまだ、慣れないことや覚えることはたくさんあるけれど……)

僕はリュカと、リュカとの穏やかな暮らしを守るためなら、きっとなんだって出来るし、乗り越えられるのだ。

(また来年も、みんなが笑って過ごせる一年でありますように)

そう願いながら、家族四人で温かい冬を迎えられた幸せを、僕はいつまでも噛み締めていた。

別章　贖罪（ルイとリュカの母・サラ視点）

私の一番の宝物。

この身以上に大切だと、そう思っていた。

それなのに、私はどこで間違えてしまったのだろう——


物心がつく頃には、私は石造りの寂れた孤児院にいた。

ある春の麗らかな朝に、孤児院の門前に赤ん坊の私が置き去りにされていたと、一度だけ修道女《シスター》から聞いたことがある。

産んだは良いけれど、育てきれなくなったのか。それとも何か理由があったのか。事実は、猫の仔のように私は捨てられたということだけだ。

おくるみに包まれていた私の名前がわかるようなものすら、なかったらしい。

不憫に思った当時の修道女《シスター》が、聖人の名前から「サラ」と名付けてくれたそうだ。いつか妻や母として、大切に思われる素敵な女性になりますようにと、祈りを込めて。

「六歳の誕生月おめでとう、サラ」

「ありがとう。シスター・ソフィ」

基本的に、孤児院は寄付金で成り立っている。

けれど、みんな自分や家族を食べさせるだけで精一杯の世の中だ。寄付金の少ない孤児院での生活は貧しく、質素なものだった。

それでも、修道女《シスター》たちはやりくりをして、誕生月にはささやかなお祝いを欠かさずしてくれたものだ。

野花を摘んで食卓に飾り、お下がりを繕った古着の贈り物と、食後には滅多に食べられない果物を一切れずつ。たったそれだけでも、子どもたちにとっては特別な日だ。

……私は正確な月齢がわからなくて、結局、拾われた月を誕生月としていた。そのせいで、少しだけ複雑な気分だったけれど。

精一杯、育ててもらっていることは、幼心にもわかっている。

でも、時どき泣きたくて、無性に抱っこしてほしいと思うことがあった。幼い頃は特に。

けれど、私は修道女《シスター》に甘えることは出来なかった。その腕には、いつも私と同じ境遇の赤ん坊がいたから。

孤児院を巣立つ子どもの数だけ、預けられる子どもがいる。いえ、年々、預けられる子どもの方が増えていた。

だから、私は膝をぎゅっと抱えて、いつも自分に言い聞かせたのだ。

(きっと、いつか。おとうさんとおかあさんが、わたしをむかえにきてくれる)

そう、根拠もなく信じていた。


いつからそこにあったのか。自分の裡《うち》にある満たされない虚《うつろ》から目を背けたまま、私は十六歳の成人を迎えた。

孤児院出身の女の子が就ける職は、そう多くない。まともな給金をもらえる仕事に就けず、あっという間に困窮して、身持ちを崩してしまう女の子も珍しくなかった。

そんな状況を憂いた修道女《シスター》たちは、早くから織物・染物・刺繍といった手仕事を教えてくれようとしたものだ。食い扶持に困ることがないように、と。

幸い私は裁縫スキルを授かり、針仕事も性に合っていた。おかげで、孤児院にいるうちに、一通りの縫製技術を身につけることができた。

そうして、幸運にも王都にある仕立て工房に、お針子として雇ってもらえることになったのだ。特別に孤児院長が身元引受人になってくれたからこそ、叶ったことだとはわかっている。けれど……。

(これで、自由になれる……!)

孤児院ばかりか、育った田舎町を離れることになったのは寂しい。でも、それ以上に華やかな王都での新しい暮らしを思うと、胸が躍って仕方がなかった。

ところが、そんな嬉しさもほんの一瞬。夢見る少女だった私は、すぐに現実を知ることになる。

「そんなことも知らないなんて。はぁ……」

「すみません……」

乗合馬車で王都に出て、質素な相部屋の下宿で暮らしはじめたところまでは良かった。

お針子として働きはじめると、知らないこと・わからないことばかりで失敗を重ねる日々。布地や素材を少しでも損なえば、ただでさえ少ない給金から差し引かれることだってあった。

そのうえ、年季の入ったお針子や、同僚からため息を吐かれる。孤児だから、ふつうは当たり前のことを教わらなかったのだろう、と陰口を叩かれた。

いっそ怒鳴られ、強く詰られた方が楽だと何度思ったことか。

お針子は女の園だ。華やかでお洒落な見た目の裏に、陰湿さを隠している。

一年も経てば、王都での暮らしを諦めて、育った田舎町に帰ろうかと半ば心は折れかけていた。

そんな時に、私はマルクと出会ったのだ。

きっかけは、よくある話だと思う。

マルクの勤める商会に、下っ端の私が小間使いに行くことが多かった、それだけ。

工房長の言付や布地の注文と、何度か商会で顔を合わせるうちに「食事に行きませんか」と誘われたのだ。

今でも、恥ずかしそうに頬を染めたマルクを覚えている。

当然、私は驚いた。孤児院出身の田舎娘を見初め、望んでくれる男性がいるなんて思ってても見なかったから。

何かの思い違いだと境遇を明かしても、マルクの誠実な姿勢は変わらなかった。俺だって、似たようなものだ、と快活に笑って。

すぐに信じられるほど、もう純粋ではなかったけれど。それでも、胸が震えるほど嬉しかった。

はじめて、私は必要とされた。はじめて、私は誰かに好いてもらえた。

それはまるで、世界が光り輝いた瞬間だった。

普段はマルクが仕立て工房に会いに来てくれて、ほんの短い逢瀬を楽しむ。

その代わり、貴重な休みの日は、庶民にも無料で開放されている教会の庭園や市場で、二人きりの時間を過ごした。

そんな私とマルクの慎ましい交際は、思いのほか順調で。恋人になってから二年が経ったある日、私は夢にまで見たプロポーズを受けた。

マルクは私には勿体の無い人だ。

知らないこと・わからないことを馬鹿にせず、一つ一つ優しく教えてくれる面倒見の良さと、根気強さを持っていた。

かと思えば、私の手料理を「うまい！　うまい！」と喜んで食べる、子どものような一面もあって。

（……マルクとなら、家族を知らない私でも幸せになれるかしら）

幸運の女神は前髪しかないと言う。掴むなら今だと、自然とそう思えたのだ。

そんなマルクだけれど、一つだけ、妻となる私にすら話してくれない事柄があった。マルクの家族のことだ。

商会に勤められるほど頭が良く、隠しきれない育ちの良さから、きっと孤児ではない。だから、私はてっきり家族と死別したのかと思って、深くは聞かなかった。

せっかく幸せになれるのに、悲しみを掘り返す必要はない。

そうして、家族も親戚も、親しい友人知人すらいない私たちは、二人だけのささやかな結婚式を挙げたのだ。

マルクの勤める商会の商会長に立ち会ってもらい、教会で永遠の誓いを交わす。

これ以上ないほど満たされて、私は幸せの涙がとても温かいことを知った。


結婚を機に私はお針子仕事を辞め、マルクと二人、小さな貸し家に移り住んだ。

寝ても覚めても、愛した人と共にいられる穏やかな暮らし。

そんな日々に、私はすっかり自分のなかの虚を意識することはなくなり……しばらくして、お腹に新しい命が宿っていることに気がついた。

私とマルクと、まだ小さなこの子。手に入らないと思っていた私の、私だけの家族。

まだ膨らむ気配すらないお腹を、何度も撫でる。

「こんにちは、赤ちゃん……。私がお母さんよ」

早くこの子に会いたい。会って、「愛してるわ」と伝えたい。

けれど、喜びも束の間、はじめての妊娠・出産は、幸せなだけではなかった。

あまりにも辛いつわりに何度も病気を疑い、ひどく取り乱したこともある。そのたびに、治療師の「妊娠は病気ではない」という言葉に傷ついた。

食事や運動など、何が良くて何が悪いのか、それすらもわからない。普段は頼りになる夫のマルクもさすがに妊娠・出産ははじめてのことで、周囲に聞ける人なんていなかった。

(こんな私がお母さんなんて……。無理があったのよ)

そうやってどんどん自分を追い詰めて泣く私を、マルクは優しく慰めてくれた。

「俺たち、二人の子だ。二人で乗り越えていこう」

そうして、マルクは商会長夫人であるポリーヌさんと引き合わせてくれたのだ。出産経験のあるご婦人がそばにいれば心強いだろう、と言って。

「知らないことは、これから知っていけばいいんだよっ！」

そう明るく笑うポリーヌさんは、まさに自信に溢れた「お母さん」だった。

ありがたい話のはずなのに、ちくりと引け目を刺激される。

そんな後ろめたさを隠しながら、私は母親として知っておくべきことを、ポリーヌさんやポリーヌさんを介して知り合ったご近所のご婦人方から、少しずつ教わった。

妊娠期間が十月十日だということも、この時はじめて知ったことだ。

「心配してるよりも、思った以上に、するっぽんって生まれてくるからねぇ」

ポリーヌさんはそう言うけれど、本当のことなのか、不安がる私を励ましてのことなのか、私にはわからなかった。


そして、いよいよ私は出産を迎える。

誤って爪の間に針を刺してしまったとき以上の痛みはないと思っていた。けれど、それを遥かに凌駕《りょうが》する出産の痛みに呻く。

そのうえ、なかなか生まれてきてくれなくて、気が遠のくことも何度かあった。

（私、このまま死んでしまうかもしれない……）

出産は命懸けだ。亡くなってしまう母子が珍しくないことも、この時にはもう知っていた。だから、心のどこかで覚悟はしていたつもりだ。

けれど、やっと赤ちゃんが産道を通り、「ほあっほあっ」と産声を上げたのを聞いて、思ったのだ。

死ねない。死にたくない！　この子を、母なし子にはしたくない！

それは、意地だったのかもしれない。

産婆が、生まれた我が子を抱かせてくれた。恐々と、生まれたばかりの小さな息子を胸に抱く。つわりで痩せてしまった腕に、重みが伝わった。

うっすらと生えた髪は、私と同じ焦茶色だ。閉じた瞳の色は何色だろうか？　私の青色か、あの人の榛色か。

愛おしさに胸が締めつけられて、はくはくと呼吸が苦しかった。

私とマルクの血がつながった、小さなかわいい私たちの赤ちゃん。

誰よりも、何よりも、大切にしよう。

寂しい思いも、悲しい思いも、させたくない。

たくさん抱きしめて、たくさん愛そう。

そうだ。この時は、確かにそう思っていたのだ。

赤ちゃんが生まれてからは、慣れない育児に疲弊する日々。

『ルイ』と名付けた息子の夜泣きで、私はまとまった時間を眠ることさえできなくなった。

椅子に座ったままお乳をやり、うとうと寝落ちする。しばらくして、はっと飛び起きることが何度もあった。

（ルイは、ルイはちゃんと生きてる⁉）

一瞬でも目を離したら、かわいい私の赤ちゃんが死んでしまうかもしれない。悪い想像ばかりが頭をよぎる。

そんな私をもちろんマルクは心配して、ルイの面倒を代わってくれようとした。けれど、私は断ってしまったのだ。

日々忙しく働いているマルクに、迷惑は掛けられない。このくらい、ふつうのお母さんはこなしているのだ。私もできなくてどうする。それだけではない。

……私がいつまで経っても頼りない母親だから。だから、マルクは……。いやよ。私の赤ちゃんを、とらないで！

そうして、私は自分でも制御できない相反する気持ちと、思い描く理想と現実の違いに囚われはじめていた。

私の思いとは裏腹に、ルイはすくすくと大きくなっていく。ハイハイをするようになり、気がつけば歩けるようになっていた。

話しはじめるのも、よその子に比べると早かったように思う。

あまりわがままを言わず、きちんと気持ちを自分の言葉で伝えてくれる。……いえ、一つだけ、頑固にねだられたことがあったわ。

「かあしゃん、ぼきゅ、もじうぉ、おべんきょしちゃい」

まだ三歳そこらのルイにそう言われた時、私は思わず耳を疑ってしまった。

文字なんて、どこで存在を知ったのだろう？

庶民なら、読み書きは最低限しか覚えない。暮らしのなかで文字に触れる機会なんて、ルイにはそうそうないはずなのに。

けれど、かわいい息子に何度も強請られれば、だめとも言えない。私は仕方なく、簡単な名前から教えてあげた。

「りゅい、まりゅく、しゃら……」

小さな指先で、空書きするルイ。傍から見れば、幼子が背伸びしていると微笑ましく思う光景だろう。

ところが、あっという間に名前を覚えてしまったルイは、もっともっととせがむ。

食べ物・植物・動物とどんどん言葉を覚え、ついには学のない私では答えられない質問もするようになった。

そして、私に聞いてもわからないと悟ると、ルイはマルクに聞くようになったのだ。

楽しそうに、私にはわからない話で盛り上がるルイとマルク。

そんな仲の良さそうな父子を、家族でありながら私は一人眺めていることしかできない。

賢く早熟な息子を自慢に思うよりも。手がかからないと喜ぶよりも。

私は、寂しかった。

崩壊の足音が響いたのは、ルイがちょうど十歳になった頃だ。

その頃、私はなんとなく体調が優れない日々が続いていた。

（……もしかして）

今度こそはと期待をして、けれどやっぱり叶わなくて、ほとんど諦めていた二人目の赤ちゃん。

いつ言おうか。マルクもルイもきっと喜んでくれる。ルイはそれこそ、弟妹を可愛がってくれる良いお兄ちゃんになるはずだ。

私たち三人とこの子で、またあの一番幸せだった頃に戻れる！

……そんな矢先に、マルクが病で倒れたのだ。

治療師からはじめて病を宣告された時、世界が回ったような気がした。

マルクが倒れた？　体は問題ないのか。ちゃんと元気になるのか？　生活は、どうしたら良いだろう。お金は？　家は？

何よりも、今、私のお腹には赤ちゃんがいるのだ。もしも、この先産める状況ではなくなってしまったら？

大切な、私の家族が。ああ。ああ。

ぐるぐると、考えも言葉も視界もまわる。

……なんで。どうして。

そして、心の奥深く、暗いところから声が聞こえた。

やっと。やっと、幸せになれたと思っていたのに……。どうして……。

なんで、私ばかり。いつも、いつも、いつも！

耳を塞ぐ。

この声に心を傾けてはいけない。引きずられてはいけない。でも。

（目も耳も口も塞いでしまえば……。悲しみも辛さも寂しさも、もう何も感じなくて済むのに）

すべてがぐちゃぐちゃな泥のような中、私はそう思ってしまった。

ゆらゆらと、あいまいな世界。

いつから、どれくらいの間、そこにいただろうか。

わかっているのは、そこにいる限り、私は誰かを傷つけることも、誰かに傷つけられることもない、ということだけ。

時折、訳もわからぬ悲しみが襲いかかってきたけれど、すぐに溶けて消えてしまった。

「母さん、今日は良い天気だよ。ぼくと散歩に行こう」

「母さん、赤ちゃんのお名前、何がいいかな？」

どこからか、かわいい声が聞こえる。そのたびに、私はゆっくりと浮かび上がった。

ある時、私はふと思ったのだ。「なんで、こんなところにいるのだろう？」と。

「ほぎゃー！　ほぎゃー！」

そう思った途端、身を切り裂かれるような痛みに、薄ぼんやりとしていた世界が弾けた。

二人目の我が子が、私を引き戻してくれたのだ。

腕に抱いた小さな赤ちゃんは、「ここにいる！」と力強く泣く。そして、そんな赤ちゃんに、ルイは泣きながら優しく笑いかけた。

（ルイのこんな顔、はじめて見たわ……）

記憶よりも少し身長が伸びて、ルイは一層マルクに似てきた。

私はお母さんなのに、いったい今まで何をしていたのだろうか。

これ以上、この子たちの成長を見逃したくない！

再びゆらぎ出す世界から抜け出そうと、私は足掻いた。


ちくちく。

ひと針ひと針、丁寧に縫っていく。針仕事をしていると、無心になれた。

ちくちく。

夫に似て賢く頼りになるルイは、わずか十一歳ながらに自分で考え、決断し、突き進んでいく。

そんなルイを、ポリーヌさんは可愛がってくれている。ルイもポリーヌさんを頼りにしているし、慕っているようだ。

ちくちく。

生まれた第二子は、ルイが『リュカ』と名付けた。そのことに否やはない。

ルイは目に入れても痛くないほど、弟のリュカを溺愛している。

リュカのためにルイが考えたという、粉ミルク・哺乳器・おむつ。いつの間にか雇っていた、ナニーのエミリーさん。

誰が教えたのか、気がつくとルイは料理までできるようになっていた。

だから、私のやることと言ったらリュカに授乳するくらいで、余裕がある。……母親なのに。

（できた）

完成したのは、くまの人形だ。毛色はリュカの髪色とお揃いの榛色。瞳には青のラピスラズリ。

さらに、青のリボンを首に結ぶ。

（リュカは、喜んでくれるかしら）

こんなことくらいしか、できないけれど。

私は祈るように、リュカと同じ大きさの人形をぎゅっと抱きしめた。


結婚後も、私は少しでも家計の足しになればと、仕立て工房から内職仕事をもらっていた。

それも、ここしばらくは途絶えていたけれど、最近は調子が良い。腕が鈍る前に、簡単な仕事を融通してもらって、勘を取り戻したい気持ちもある。

内職は微々たる給金しか出ないけれど、それでリュカの洋服でも買おうか。それとも、甘いものを買って、ルイと二人で分けようか。

そう考えると、久しぶりに気分が浮き立った。

何度か内職仕事をこなす。そのうちに、工房長がまたお針子として働かないかと言ってくれた。

きっと寡婦の私を気遣ってくれたのだろう。

それでも、腕を認めてもらえたようで嬉しかった。

（そうは言っても、母親の私が家に子どもを残して、外へ働きに出るなんて許されるのかしら……）

そんな風に迷っていた私の背中を、ルイは押してくれた。

ルイとリュカのためにも、頑張ろう。

そう心に決めて、私は再び工房で働きはじめたのだ。

仕立て工房での仕事は、流行りは変われどやることは変わらない。早々に慣れることができた。

当時の顔見知りも少なからず残ってはいたけれど、新しい顔ぶれの方がたくさんいる。

私はそのうちの一人であるローラと、よく話すようになった。

ローラは訳ありな私に臆することなく気さくに話しかけ、お茶やランチに誘ってくれる。

思えば孤児院を出てから、年の近い同性の友達ができたのははじめてのことかもしれない。

お互いのことや悩みを打ち明けるのは、そう遅いことではなかった。

「そうだっ！　もしよかったら、今度の休日に、私がよく行っている教会のミサやボランティアに参加してみない？」

「ミサにボランティア？　でも、私は子どもたちがいるもの」

「家で面倒を見てくれる人がいるんでしょ？　それなら、少しくらい良いじゃない。ねっ。私たちと同じ年くらいの人たちも多いから、楽しいわよ。母親にだって、息抜きくらい必要だわ」

「そうかもしれないけど……」

はじめてできた友人に誘われて、私は強く断れなかった。

嫌われたくない。

だから、一度だけ参加すれば、彼女の気も済むと思ったのだ。

ローラとともに訪れた教会の聖堂には、女性が多くいた。

(なぜこんなに女性ばかりが？)

違和感に、私は眉をひそめる。

教会は祈りの場だ。貴賤や老若男女を問わず、広く門戸を開けている場所だと、私は修道女《シスター》から教わって育った。

それなのに、ここは場違いな化粧と香水の香りがする。

しばらくして、司祭様が背筋を伸ばしてゆったりと歩いてきた。そして、説教壇に上がると、落ち着いた低い声で話しはじめる。

ああ。女性たちの目当てはこの司祭かと、一瞬でわかった。

若くして神の道に入る人は珍しい。年配者が多い中で、この容姿は目立つだろう。それくらい、司祭様はいかにも女性が放っておかなさそうな、身なりと品が良い男性だった。

(それでも、マルクの方が良い男だわ)

私は、そう一人ごちる。もうここに来ることは二度とないから、関係ないと。この時はそう思っていたはずだ。

司祭様が聖書を開き、説法を話しはじめる。その声に合わせて私は目を閉じて祈ると、チリーン

チリーンと鈴の音が鳴った。

途端に甘いような、何か薬草を煎じたような、そんな濃厚な匂いが教会内に充満する。

（……？　司祭様が、振り香炉でも振っているのかしら）

チリーン、チリーン
――あなたが辛く悲しいのは、あなたのせいではありません。あなたの価値に気づかず、蔑ろにし、軽く扱っても構わない存在だと、親・伴侶・子・恋人・友人が思っているからなのです。

チリーン、チリーン
適量なら良い匂いも、加減を間違えればただの悪臭だ。私は漂う匂いに、吐きそうになる。

鼻ではなく口から息を吸っても辛い。「ハンカチを」と思ったのに、体が動かなかった。

司祭様の声が、遠くに近くに、二重三重に、反響して剥き出しの心を揺さぶる。

……私のことを母親だと、ルイは思っているのだろうか。

……私がいなくても、ルイは困らない。リュカも、私の手なんかなくとも、すくすくと育っている。

……むしろ、私がいない方が頭を悩ますことがなくなって、清々するとでも思うのかしら？

これまでの寂しかったこと、辛かったこと、様々なことがなぜか走馬灯のように駆け巡った。

――あなたたちの悲しさ、寂しさ、苦しさ、怒り……。すべて私が背負いましょう。すべて私が贖《あがな》いましょう。私はあなたたちを許し、認め、与え、愛します。

チリーン、チリーン

立っていらなくなった私は、がくっと床に膝をつく。すると、コツコツと靴音がして、高級そうな黒の革靴がすぐ近くで止まった。

本能でここから逃げなくてはと思うのに、動けない。

力なく項垂れる私の顎に司祭様が手をかけ……目があった。

そのすべてを飲み込むような、闇色の瞳に魅入られる。視線を外す、こと、がで、き、な
「つかまえた」

私が覚えているのは、そこまでだ。


そうして私は今、ローメン国聖リリー女子修道院にいる。

女子修道院は男子禁制。外出も面会も、手紙さえも厳重に制限された女性のための牢獄。

かろうじて三食は食べられるけど、冷たく質素な食事だ。

日に何度もある祈りの合間に掃除や洗濯を済ませ、聖書の写本・裁縫・糸紡ぎといった労働に精を出す。

そのうえ、夜は使える蝋燭が限られている。

仮に魔力が豊富で照明《ライト》を長く使えたとしても、同室の者たちに迷惑がかかるだろう。だから、簡単な聖書をほんの数ページだけ読むと、すぐに眠りに就いた。それが、ここでは唯一の娯楽だ。

修道院で暮らしはじめた当初は己の境遇を嘆き、ベルナールを思って泣いた。けれど……。

時間とともに、頭の霧が晴れていく。そして、かわいい我が子たちになんという仕打ちをしたの

かと自覚すると、私は恐ろしさに体が震えた。

ベルナールのそばにいた時の記憶は、断片的にしか残っていない。覚えている記憶を思い返しても、どこかぼんやりと朧《おぼろ》げで現実味がなかった。

(なぜ、私はあの時、あんなことを……)

後悔ばかりが募る。

ベルナールは、もういない。私がルイとリュカを傷つけてしまうことも、もうない。

そう考えると、今ではここに連れてこられて良かったとさえ、思うようになっていた。

「サラ、院長室にいらっしゃい」

「……はい。シスター・マリア」

夕食の後、院長のシスター・マリアに呼び出される。院長室で対面に座ると、目の前に手紙が差し出された。

「息子さんから、手紙が届いているわ」

「手紙……」

封蝋は破られている。きっと院長が中を検《あらた》めたのだろう。

ルイからは、今回を含めて二通の手紙が届いていた。前の手紙も、私はまだ読めずにいる。

あの子たちにとって、私はひどい母親だっただろう。

自分の寂しさばかりにかまけて、あの子たちを顧みることをしなかった。そのうえ、あんな男に心酔なんかして。

もう一生分泣いて、涸れたと思った涙が勝手に溢れてくる。

最後にルイを抱きしめたのは、いつのことだっただろうか。別れ際に握った、リュカの小さな手の温もりを思い出す。

何度、やり直したいと思っただろう。何度、過去に戻りたいと願っただろう。

「っ……私は。もうあの子たちの……母親だなんて……」

「サラ。もう二度とあなたに会いたくないと思っていたら、そんな手紙なんて書いてこないと、わたくしは思うわ」

「……」

「優しい、息子さんね」

「ええ……！」

まだ私は、あの子たちの母親でいても良いのだろうか。

院長の声に励まされるように、震える手を伸ばす。

そうして、私はゆっくりと、ルイからの手紙を開いた――

書き下ろし番外編　ヴァレー家に伝わる伝説のお宝を探せ!

ヴァレーに到着して、十日ほど経ったある日のこと。

僕とリュカは、昼食後の時間をたいてい二階の談話室で過ごす。

そこに、しばらく姿の見えなかったメロディアが、数センチほど開いていた扉の隙間をするりと抜けて部屋に入ってきた。

その手には、手紙のような何かを携えている。

「メロディア、それ、どうしたの？」

「クククク〜」

「おちぇまみ〜」

「おちぇまみ……。お手紙のこと、かな？」

通訳してくれるのはありがたいけれど、いかんせんリュカは舌足らずだ。たまに、通訳に通訳が必要なときがある。

「誰からもらったの？」

「ククク〜ン」

「わかんにゃ〜い」

一人と一匹が、揃ってこてんと首を傾げた。息ぴったりだ。

ヴァレー家の敷地内でもらったのは確かだろうけど、出入りする使用人はけっこうな数にのぼる。

僕ですら顔と名前がまだ一致しないので、普段あまり関わりのない誰かからなのだろう。

ちなみに、おじいちゃんとおばあちゃんは「使用人たちも大切な家族だ」と言って、使用人はもちろん小作人や醸造所の職人たちに至るまで、全員の名前を当然のように覚えているらしい。

僕はメロディアからお手紙を受け取り、裏表を確認する。

誰宛てかも書かれておらず、封蝋も押されていない。ただ、古い羊皮紙を四つ折りにしただけのようだ。

仕方なく、僕は手紙を開いた。

「なになに……。って、これ手紙じゃないじゃん」

「おちぇまみ、ちあう？」

「ククク？」

Ａ４サイズの一面は、四方を幾何学模様のお洒落な枠で囲まれていた。

枠内は几帳面に縦十マス・横十二マスの升目が引かれ、デフォルメされたヴァレーの地図が描かれている。

上部に大きく書かれたタイトルは……。

「お宝の地図⁉」

地図の中央には円形の町、上下には葡萄畑、左には白の山脈、右には小高い丘。

それに、ヴァレー家の邸・神殿・農園小屋・醸造所・葡萄畑の憩所《やすみどころ》といったランドマーク的な場所の名前が、達筆な字でポツポツと書き込まれていた。

そのうえ、ちょうど中央広場にあたる部分には朱書きの「×」が、右下にはヒントらしき四行詩が記されている。なんとも意味深だ。

ナイショだよ！　ここに、すっごく良いものを隠したよ！　ナイショだよ！

……じゃなくて。

「う？　にゃ〜に？」

「ククク〜？」

「お宝の地図っていうのは……う〜ん。ここに、すっごく良いものを隠したよ！　ナイショだよ！　が書かれたもの、かな」

三歳児にわかるように説明するのは、難しい。でも、リュカはリュカなりに理解してくれたみたいだ。

「おたかりゃ、ないちょ……おかち！」

「ククク！」

「ぷっ。あははは。そうだね。ほっぺたが落ちちゃうほど美味しい、お菓子かも」

リュカが自信満々に主張する「お宝」に、僕はニヤける。なんてかわいいのだろう。

途端にお尻がそわそわし出したリュカは、僕の裾を引っ張った。

「にぃに〜。りゅー、おたかりゃ、ほち〜！」

「クク〜！」

「くくく。じゃあ、お宝探し、しようか？」

「やっちゃー！」

「クックー！」

大喜びで飛びついてきたリュカを、僕はしっかりと抱き留める。

誰が何の思惑があって、このお宝の地図をメロディアに託したのかはわからない。けれど、僕たちに「お宝探し」をしてほしいのは確かだろう。

（不可解なことは多いけれど……。でも、わくわくしてきた……！）

このお宝の地図を信じるのであれば、朱書きで「×」が書かれた中央広場にお宝が眠ることになる。けれど、そんな簡単なことをわざわざ記すだろうか？

なんだか、冒険の予感がする。

「よーし。お宝探しに、出発～！」

「しゅっぱ～ちゅっ！」

「ククク～！」

まだ見ぬお宝を求めて。執事のセバスチャンに外出する旨を告げると、僕たちは期待に胸を膨らませながら町へと向かった。


「ここ、かな……？」

「ここ～？」

「クク～？」

僕たちはお宝の地図を片手に、「×」が示す中央広場にやってきた。

ただ、「×」は大雑把な目印だったらしく、周囲をキョロキョロと見渡してもこれといって目立つものや、おかしなものはない。

（もしかして、ここじゃない？　それとも、やっぱり何かの悪戯だったのかな？）

そう思ったとき、僕はふとヒントらしき四行詩の存在を思い出した。

「えっと……そう言えばここに……」

清らかな湧水を湛える三天使の指先を辿れ
山の頂、その背に望む
叡智の森、葡萄に寄り添う妖精に弓を引け
さすれば、ヴァレーの宝への扉は開かれん

「清らかな湧水を湛える三天使の指先を辿れ……？　どういうこと？」

どうやら、謎解きをしないといけないらしい。

（湧水……。湧水と言えば、井戸か噴水かな？）

ヴァレーの水源は、白の山脈の雪解け水だ。

すべての井戸や噴水は、雪解け水を汲み上げているらしい。実際、僕たちも毎日飲んでいるけれど、冷たく澄んでいてとても美味しいのだ。

「リュカとメロディアも、天使さんを探してくれる？」

「あいっ！」

「ククっ！」

リュカは二指で、メロディアは右前肢でシュタッと敬礼して、返事をする。自警団のメンバーがよくやる仕草だ。子どもは見ていないようで、周囲の大人をよく見ているものだと感心する。

「ん～。この広場は大きな水場はないし……。誰かに聞いてみるかな。リュカ、あっちに……」

「すぅ～、てんちしゃ～ん、どこ～～～？」

「クク～～～？」

リュカはおもむろに息を吸うと、大きく叫んだのだ！

人の多い広場に、「どこ～、どこ～」とやまびこのように声が響く。中央広場にいる人々の視線が、一斉に僕たちに注がれた。恥ずかしさのあまり、顔から火が吹き出そうだ。

「ちょっと、リュカ……！」

「おやまあ、ヴァレー家のお孫さんたちじゃないか。天使を探してるのかい？」

僕たちのすぐ近く、一人で屋台を切り盛りしている老女将が声を掛けてきた。にこにこと人好きのする笑顔を浮かべ、目尻には笑い皺が深く刻まれている。

「あいっ！　てんちしゃん、ちってりゅ？」

「クックク？」

「ああ。知っているとも。ほれ、あの角にある建物の壁だよ。ここいらのやつしか知らない、密かな名水の守護天使様さあ」

老女将が指差したのは、中央広場の四隅の一つにある、一見なんの変哲もない建物だ。

僕たちはお礼を言って、そそくさと建物へと近づく。

「天使って……これか！　これは教えてもらわないと、わからないや」

「りゅー、おのど、からから～」

「ククク～」

そこには、壁の彫刻と同化するように小さな壁泉があった。

天使が左脇に抱えた壺から、ちょろちょろと水が湧き出ている。そして、その右手はまっすぐ前方を指差していた。

指先を辿る前に、せっかくなので収納《ストレージ》から取り出したマグカップに水を汲み、飲んでみる。

「美味しい！」

「ごきゅん、ごきゅん。ぷっは～～～」

「クック～」

冷たい水が、するりと胃に滑り落ちていく。清涼感が心地良い。

味はまろやかで雑味がなく、体に染み渡るようだ。名水というだけあって、今まで飲んだ水の中で、一番美味しいかもしれない。

一杯二杯と立て続けに飲んで喉の渇きを癒したら、お宝探しの続きだ。

天使が指差す先、一本道の小道を辿る。

すると、行き着いた小広場の中央に、今度は噴水があった。噴水のオブジェは、壁泉の天使とほぼ同じデザインだ。ただ、この天使は僕たちから見て左を指差している。

「にぃに、まだ～？」

「クク～？」

「まだ、もうちょっとみたい」

（三天使だから、きっと次が最後だ）

それにしても、なぜ町中にこんな手の込んだ仕掛けが用意されているのだろうか。少なくとも、ヴァレー家の人間かつ酔狂な人物でなければ、用意できないことだと思う。

僕たちは道なりに進み、町の外縁を一周する円状の道に躍り出る。と、またしても天使の佇む壁泉があった。最後の天使が指差す先にあるのは……神殿だ。


「白の山脈の神々、少しお邪魔します」

「おじゃま、ちまっしゅ」

「クク ッ ク！」

まずは祭壇で神々にご挨拶をした僕たちは、次の謎を解くヒントを探し回る。

前回来た時もそうだったけど、ここはあまり人が来ないのか、とても静かだ。騒がしい子連れには、人目を気にしなくて助かる。

「山の頂、その背に望む……。『山の頂』が、どこかにあるはず」

僕が一番怪しいと睨んでいるのは、左右の壁に等間隔で飾られた絵だ。ヴァレーの春夏秋冬や、動植物を描いた作品が多い。

僕は絵のことはよくわからないけれど、写実的というのだろうか、どれも本物のような繊細さで生き生きとした名作ばかりだ。

神殿が実は超穴場の美術館でもあったなんて、こんな機会じゃなきゃ、ずっと知らずにいたかもしれない。

「にぃに、こりぇ、にゃーに？」

「ククク～？」

「葡萄に蝶々が止まってるんだよ」

「ちょうちょ！」

「ククク！」

僕は最近、「あれなに、これなに」が激しいリュカの質問に答えながら、ぐるっと一巡する。けれど、一つも山の絵なんて見当たらなかった。

（おかしい。山じゃないのかな？　いや、でも小天使の時もそう思って、結局見つけづらかっただけだし。そのままじゃなくて、隠されているか、何か捻りがあるとか？　山の頂……山頂、頂、峰、山嶺……）

う～んと僕は頭を悩ます。脳のふだん使っていない部分が、フル稼働しているような感覚だ。そのおかげか、僕はハッと閃いた。

（あっ！　もしかして！　山頂……三蝶？）

いや、まさか、そんな。

半信半疑で、僕は蝶が描かれていた絵画の前に立つ。三匹の蝶が葡萄の房に止まって、羽を休めている絵だ。

「『背に望む』ってことは、この絵の後ろってことかな……？」

僕は両手で絵を持って、ゆっくりと壁から外す。……壁にはヒントらしきものは何もない。では、絵の額裏かと裏返してみると、そこには『薔薇』と、一言だけ走り書きが記されていた。

（やった、正解だ！　……だけど、ダジャレか～～～！）

なんでだろう、あまり嬉しくない。このなぞなぞを考えた人に、一言物申したい気分だ。

「次は、薔薇か……」

「ばりゃ～？　おにわ！」

「ククク～？　ククク！」

リュカとメロディアの言う通り、ヴァレー邸の庭には薔薇が植わっている。

それは間違いないけれど、僕は町や葡萄畑でも薔薇の木を見かけたことがあった。意外と、ヴァレーならどこにでもある花なのだ。

（そうだ！　お宝の地図に、何かヒントが書かれているかもしれない）

答えに詰まったときは、地図に立ち返ってみる。

「薔薇……薔薇……。あ、あった！」

ランドマークである農園小屋のすぐ横に、薔薇の花が咲いた木が描かれていた。

ほかにも木は描かれているけれど、薔薇の木はこの一本だけ。いかにも不自然だ。きっと、この場所のことを暗に示しているのだと、僕の第六感が告げている。

農園小屋は神殿にほど近い。子どもの足で歩いても、十分～二十分くらいだろう。

（残る謎はあと一つ……！　お宝はすぐそこだ！）

リュカとお手々を繋いで、春から夏へ移り変わりつつあるヴァレーの景色を楽しみながら、作業小屋へとやってきた。

「クックー！」

「にぃに、ばりゃ、あっちゃー！」

可憐なピンク色の薔薇を見つけたリュカは、繋いでいた手を離してよちよちと走り出す。

「リュカ、薔薇には棘があるから、触っちゃだめだよ。触ったら、痛い痛いだからね」

「あ〜い」

「ク〜ク」

僕の言いつけをちゃんと守って、リュカは薔薇に触ることなく、その根本近くにしゃがみ込んだ。

「ばりゃ、きりぇ〜ね〜」

「クク〜ク〜」

リュカもメロディアも、うっとりと薔薇を眺めている。

しっかりと手入れされているのだろう、形の整った花ばかりで葉っぱまで瑞々しい。それに、フルーティーな甘い香りがした。

僕は棘に気をつけつつ、花々の合間や枝を探す。どこかに、ヒントがあるはずだ。

「ん？　これ、もしかして樹名板《じゅめいばん》じゃない……？」

幹に括りつけられていた木の板を、僕は樹名板だと思い込んでいた。

けれど、よくよく見ると、書かれているのは薔薇の名前や特徴といった内容ではない。暗号だ！

◆＋■＝薔薇
☆＋★＝神
◆＋☆＝ワイン
□＋▼＝？

「なにこれ……。難しくない？」

「むちゅかち？」

「ククク？」

最後だからか、いきなり難易度が上がったなぞなぞに僕は放心する。けれど、ここまで来て諦めるのはもったいない。絶対に解いてみせる。

(記号と文字の数が対応してない。ということは、記号が表しているのは文字以外の何かっていうこと？)
◆と☆は複数回登場しているけれど、この四つの数式だけでは規則性がわからない。
「むむむ」

「にぃに、がんばれ〜！」

「クククク〜！」

難しい顔で考え込む僕に、リュカとメロディアが声援を送ってくれる。兄としては、弟に格好良いところを見せたい。

ヒントを探し、目を皿にしてお宝の地図を隅々まで調べる。すると……。

「わ、わかった〜〜〜！」

それに気づいた瞬間、僕は思わず快哉《かいさい》を叫んでしまった。達成感がすごい。

「交点、つまり座標だったんだ……！」

地図の四方を囲む、幾何学模様のお洒落な枠。

縦十マスには上から◇■▽★△◆□▼☆が、横十二マスには左から○▲☆▼□◆△★▽■◇が、それぞれの罫線に対応するように小さく小さく描かれていたのだ。

「ということは、『□＋▼＝？』が指し示すお宝の在処は……ヴァレー家の邸だ！」

灯台下暗しとは、このことだろう。

僕たちは来た道を辿り、邸へと戻ってきた。日の長いヴァレーはまだ明るいけれど、腹時計の具合的にもうそろそろ夕食時だ。だから、どのみち帰宅しなくてはいけなかったのだけど、何だか釈然としない。

「にぃに、おたかりゃ、おうち〜？」

「ククク〜？」

「そうみたい」

リュカとメロディアも、不思議そうに目をぱちくりさせている。

とは言え、邸内の「どこか」ではとても範囲が広い。そこで、四行詩の三番目である「叡智の森、葡萄に寄り添う妖精に弓を引け」がヒントになっているのではないかと思う。

（ヴァレー家の邸内で『叡智の森』と言えば、やっぱり書斎かな……？）

僕たちは玄関を入ってすぐ右、手前から二部屋目の書斎に足を踏み入れた。

書斎は広くも狭くもなく、壁一面が本棚になっている。

本棚には軽く千単位はありそうな本のほかに、陶器やガラスでできた動物の置物、歴代当主らしき人物の小さな肖像画といった小物も飾られていた。あとは奥に窓が一つと、中央に机と椅子のセットがあるくらいだ。

（きっと何代にも渡って、コツコツ集めたんだろうな……）

この書斎にある本だけでも、一財産だと思う。

本当に希少だったり高価だったりする本は、鍵つきかつ手の届かない上の方の棚に仕舞われていた。大衆小説や詩といった比較的庶民的な本は下の方の棚に仕舞われ、いつでも自由に読めるようになっている。

すでに何度か利用しているけれど、ここにあるすべての本を読み終えるのに、いったいどれだけの年月がかかるだろうか。

でも、おかげで娯楽の少ない今世でも、暇を持て余すことが少ないのは助かった。

「う～ん。葡萄に寄り添う妖精に弓を引け……。本のタイトルかな？」

この蔵書の中から目当ての本を探し出すのは、なかなか骨が折れる。目眩がしてきた。

数日がかりのお宝探しになるかもしれない……と僕が思ったその時、メロディアと一緒に書斎をうろちょろしていたリュカがいきなり叫んだ。

「にぃに、ぶどー、あっちゃ～！」

「クック～！」

「え！」

リュカは、正面右奥の本棚の前でしゃがみ込んでいる。

僕も膝をついて覗き込むと、確かに一番下の棚に陶器でできた葡萄の置物がひっそりとあった。小さな子どもの目線だからこそ、見つけることができたのだろう。

「リュカ、メロディア、お手柄だ！」

「やっちゃ～！　りゅー、おてらら！」

「ククク！」

リュカとついでにメロディアの頭も撫でると、一人と一匹は「えへへ～」と得意気に笑った。ふたりとも毛ざわり抜群で、とてもかわいい。

（もし詩が指し示す葡萄がこの置物のことなら、寄り添う……つまりすぐ側に『妖精』の何かがあるはず！）

僕は葡萄の置物をブックスタンドにしている、左右の本の背表紙を指先でなぞる。

「王と騎士の伝説……これは違う、かな。こっちは……妖精女王物語！　これだ！」

興奮のまま本に指をかけ、棚から引き抜こうと手前に傾けた。けれど、固まっているかのように抜けない。代わりに、「カチリ」とどこかで音が鳴った。

ギイイィ――――

続けてすぐ近くから響いてきた音の先に目をやると、本棚中央の一部が扉のように開いている。その扉の向こうには、薄暗い空間が広がっていた。

「もしかして、隠し部屋⁉」

「しゅごい、しゅご～～～い！」

「クク～～ク！」

こんなミステリーにありがちな仕掛けが、邸内にあるなんて。

僕ですら好奇心がそそられるのに、リュカはそれ以上だろう。

ただでさえ、子どもは狭いところが好きなのだ。小さな体を活かして、「なんでそんなところに⁉」と思うような場所にも、平気で潜り込んでしまう。

案の定、僕が止める間もなくリュカとメロディアは扉の隙間をすり抜け、隠し部屋の中に入ってしまった。

「リュカ、メロディア、出ておいで！」

「にぃに～！　も～い～よ～」

「ク～ク～ク～」

「いやいや。僕たち、隠れんぼじゃなくて宝探しをしてるんだよ!?」

隠し部屋からは、くすくす、きゃっきゃっというリュカとメロディアの楽しそうな声だけが聞こえてくる。

「たのち~~~!　あっ!　きりゃきりゃ~!」

「ククク~!」

「!?」

隠し部屋の中に、やはりお宝があるのだろう。きらきらというリュカの言葉に、僕は覚悟を決めた。決して、「秘密基地みたいだ」という好奇心に負けたからではない。

念の為、椅子をドアストッパーにしてから、僕は頭をぶつけないように腰を屈めて扉をくぐる。

隠し部屋はちょうど隣の部屋と書斎の間にある、人が一人やっと歩けるくらいの狭くて細長い空間だった。立つと圧迫感があって、身動きしづらい。

「にぃに、ありぇ、おたかりゃ~?」

「ククク~?」

隠し部屋の左奥、リュカが指差した方を見る。すると、ちょうど僕の腰あたりに設けられた棚に、鎖で繋がれた一冊の本が立てかけられていた。

滑らかな革表紙の縁には金で箔押しされた蔦が絡みつき、蔦の合間に生った葡萄の実一粒一粒は、小さな紫宝石で彩られている。紫宝石はどれも濃淡が違っていて、薄暗い隠し部屋の中でも美しい光を放った。

派手さはないけれど上品な装丁で、見る人が見れば高価だとわかる本だ。

「これが、お宝……！」

僕は恐る恐る、両手で本を持ち上げる。鎖がジャラッと音を立てた。重さは、赤ちゃんだった頃のリュカと同じくらいだろう。ずしりと重い。

震える指先で表紙をめくると、一枚の紙が挟んであった。

先祖代々受け継いできたヴァレー家当主たちの日記帳を、愛する孫のルイとリュカに託す。

マルタン・ヴァレー

「おじいちゃん……」

もしかしたらとは思っていたけれど、この壮大なお宝探しを仕組んだのがおじいちゃんだったなんて。

僕は壁に寄りかかるようにあぐらをかくと、飛ばし読みしつつページを繰る。僕の隣にリュカもちょこんと座って、本を覗き込んだ。

「にぃに、ごほん、よんで～」

「う～ん、良いけどリュカにわかるかな？　ええっと……」

本の内容は、代々の当主の一日のスケジュール、仕事内容、食事、家族、友人のことなど。たくさんの人生の記録や教訓とともに、その時代の社会情勢や文化といった変遷も記されているようだ。

それに、歓喜や苦悩、時にユーモアやブラックジョークらしい人間味ある文章も目につく。リュカへの読み聞かせには向かないけれど、僕が一人で読む分には十分に楽しめそうな内容だ。

(うわあ。過去の古い記録が残っているなんて、識字率の低い今世じゃ奇跡に等しいことじゃ……？　装丁の金や宝石がお宝なんじゃない。この日記に記されていることこそ、『ヴァレーの宝』なんだ)

こんな大切なお宝を、本当に僕たちが受け継いでも良いのだろうか。そう思った瞬間、隣に座るリュカのお腹から「ぐううう」と怪獣の唸り声のような音が鳴り響いた。

「りゅー、おにゃか、しゅいたぁ……」

「ククク～」

へにょんと眉を下げたリュカに、僕は笑いを噛み殺す。

「そろそろ夕ご飯の準備も終わってる頃だろうし、食堂に行こっか」

「あいっ！」

「ククっ！」

慌てなくても、本は逃げも隠れ……はするけれど、隠し場所はわかっているし時間もたっぷりある。

僕は本を元通り棚に戻し、隠し部屋の扉を閉じる。しっかりと痕跡を隠滅してから、書斎を出た。

「坊っちゃま方、夕食のお支度ができておりますよ」

書斎を出たところで、執事のセバスチャンとばったり会う。その言葉の通り、食堂に近づくにつれて美味しそうな匂いが濃く強くなった。僕のお腹の虫も鳴ってしまいそうだ。

（おじいちゃんになんでこんなお宝探しなんて計画したのか、話を聞きたい気持ちもあるけれど……）

それよりも、まずは食事だ。

そうして、食堂に足を踏み入れた僕たちを、なんとおじいちゃんとおばあちゃん、そしてたくさんの使用人たちが待ち構えていた。

「せーの」

ルイ坊っちゃん、リュカ坊っちゃん、ヴァレーにようこそ！

誰かの合図で、みんなが一斉に歓迎の言葉を口にする。嵐のような拍手が僕とリュカに降り注いだ。

僕は驚き過ぎて、ぽかんとしてしまう。理解が追いつかない。

いつもは長テーブルが置かれている広い食堂は、華やかなパーティー会場へと変貌していた。壁には美味しそうな料理がずらっと並び、花々や蝋燭で華やかに飾りつけられている。

「えっと、これは、なんで……？」

呆然と呟いた僕の背中に、おじいちゃんがそっと手を添えた。

「ヴァレー家では年に一度、使用人たちのために労いのパーティーを開くのだがな。今年は、ルイとリュカの歓迎パーティーにしたいと、みなに直訴されたのだ」

「僕たちの歓迎パーティー……」

サプライズ大成功！　と、ハイタッチをしたり肩を組んだりして、喜びを分かち合う使用人たちの笑顔がそこかしこに見える。

「じゃあ、あのお宝の地図は……？」

「あの日記を贈りたかったのはもちろんだが、邸にルイたちがいては準備を悟られてしまうからな。一計を案じさせてもらった」

「そうだったんだ……」

じわじわと『してやられた感』と、嬉しさが込み上げてくる。まさかこんな形で、歓迎してもらえるなんて夢にも思っていなかった。

「さあ。ともかく乾杯をして、食事をいただこう。……その後に、宝探しの冒険譚をぜひ聞かせてくれ」

そう言うと、おじいちゃんは珍しくしたり顔で笑ったのだ。

あとがき

こんにちは、お久しぶりです。作者の泉きよらかです。

さて、一巻で綺麗にタイトルを回収したのに、二巻も「祖父母をたずねて家出兄弟二人旅」のままなの？　と思われている読者さまも、いらっしゃるのではないでしょうか。

実は書籍化にあたり、タイトルを変更するか否かは、担当の編集さまに相談しておりました。

当時、仮案で提案した新タイトルは「異世界で、最愛の弟と平穏に暮らしたい！　転生者の兄《にいに》は、祖父《ワイナリーオーナー》の跡継ぎとしてがんばります！」です。

なんとも「なろう系」らしいタイトルですね。

そんな私とは反対に、担当さまは一貫して「変えない方が良い」という姿勢を崩しませんでした。その理由が、私にとっては目から鱗だったのでご紹介しますね。（担当さまの口調風でどうぞ）

1.「なろう系」はストーリーの簡略のようなタイトルが好まれますが、一般文芸はそうではないよね？　むしろ短くわからないからこそ、「読んでみたい」と惹かれませんか？

2. 商業的なことをお話しすると、タイトル＝ストーリーの簡略だと、高確率で帯デザインに載る内容が被ることになります。（副音声：それでも良いんですか？）

3. ヴァレーへの旅が終わっても、兄弟二人の「人生」という旅はまだまだ続きますよね。概念的な意味で、「家出兄弟二人旅」はとても良いタイトルだと思いますよ。

と、言われてみれば「なるほど、確かに」と思う理由ばかり。

結局、担当さまの説得に勇気をもらい、タイトルは変えないという決断をしました。今思えば、変えなくて良かったと思います。

読者の皆さまも、ルイとリュカが少しずつ成長する様子を、見守っていただければ幸いです。

また、二巻は「正しさ」と「面白さ」の間で苦悩した巻でもありました。

二巻では、主人公・ルイがはじめて葡萄の栽培やワイン造りに挑戦します。でも、作者はただのワイン好きで、専門的な知識は皆無です。

中世ヨーロッパ風でありながら、魔法や神々の加護がある世界でのワイン造りとは、一体どんなものか？　誰がどんな情熱やこだわりを持ち、どこにドラマが生まれる余地があるのか？

薄っぺらいと興醒め。けれど、専門的すぎても読者を置いてけぼりにしてしまう。難易度の高さに、私は思わず頭を抱えました。

考証にご協力いただけないかと専門家にお声がけもしましたが、ふるわず。参考資料と実地取材（山梨で葡萄を収穫など）と若干の開き直りをもとに、二巻は書き上げております。

最後に、イラストの蓮深ふみ先生、担当編集のIさま、TOブックスさま、そのほかデザイン・校正・印刷・流通などに携わってくださった関係者の皆さま。そして、日頃から「家出兄弟」を応援してくださっている読者の皆さま。本当にありがとうございます！

三巻でまたお会いできることを、楽しみにしております。

泉きよらか　九拝

■参考文献

・河原 温・堀越 宏一『図説 中世ヨーロッパの暮らし』（河出書房新社）２０１５年
・田中 亮三（著）・増田 彰久（写真）『図説英国貴族の城館 カントリー・ハウスのすべて』（河出書房新社）１９９９年
・日本ブドウ・ワイン学会（監修）『醸造用ブドウ栽培の手引き―品種・仕立て・管理作業―』（創森社）２０２２年
・小林 和司『図解 よくわかるブドウ栽培』（創森社）２０１７年
・植原 宣紘『ブドウ品種総図鑑』（創森社）２０１８年
・池上 正太『F‐Files No.54 図解 中世の生活』（新紀元社）２０１６年
・日本ワイン検定事務局（著）・遠藤 利三郎（監修）『日本ワインの教科書 日本ワイン検定公式テキスト』（柴田書店）２０２１年
・村上リコ『図説 英国執事 新装版 貴族をささえる執事の素顔』（河出書房新社）２０１９年
・中公文庫編集部（編集）『ワインに親しむ』（中央公論新社）１９９５年
・マルク・ミロン（著）・竹田 円（翻訳）『ワインの歴史』（原書房）２０１５年

2025年夏発売予定!

「本好きの下剋上」をはじめとする
TVアニメ化作品盛りだくさん!!
CORONA EX
コロナEX
TObooks
Anniversary
3rd
詳しくはこちら
https://to-corona-ex.com/

TOブックス
コミカライズ連載
最新話が読める!!

水属性の魔法使い
ジュニア文庫
第4巻
好評発売中!
イラスト:たく
書き下ろし
SS付き!
アンティーク風
ポストカードセット
好評発売中!
イラスト:天野英
魔法使い
TBS
ほかにて
2025年7月から放送開始予定!!
〈アニメ公式サイト〉mizuzokusei-anime.com
〈X公式アカウント〉@anime_mizuzoku
作イラスト:天野 英　漫画:墨天業　監督:佐竹秀幸　シリーズ構成:熊谷 純　キャラクターデザイン:小堤悠香

〈キャスト〉涼:村瀬 歩　アベル:浦 和希　セーラ:本渡 楓　〈スタッフ〉原作:久宝 忠『水属性の魔法使い』(TOブックス

著 岬
ill. さんど
TVアニメ化決定!
穏やか貴族の
休暇のすすめ。
A MILD NOBLE'S VACATION SUGGESTION

©三木なずな・TOブックス／没落貴族製作委員会
没落予定の貴族だけど、
暇だったから魔法を極めてみた
U-NEXT・アニメ放題ほかにて
TVアニメ絶賛配信中!

祖父母をたずねて家出兄弟二人旅２
～ヴァレーでの暮らし、おいしい葡萄とワイン～

2025年5月1日　第1刷発行

著　者　泉きよらか

発行者　本田武市

発行所　TOブックス
〒150-6238
東京都渋谷区桜丘町1番1号
渋谷サクラステージSHIBUYAタワー38階
TEL 0120-933-772（営業フリーダイヤル）
FAX 050-3156-0508

印刷・製本　中央精版印刷株式会社

ISBN978-4-86794-551-3

Printed in Japan